莫妮卡・瑪儂 Monika Maron◎著
鄭納無◎譯

悲傷動物

Animal triste

【推薦序】

得到你的心或者死

《悲傷動物》是一個世紀愛情的懷念曲，有關兩德之間的愛戀情深，莫妮卡・馬儂（MONIKA MARON）在九六年間春蠶吐絲，把她親身經歷的故事寫成長篇，吐成一則完美無缺的繭。

莫妮卡・馬儂是前東德作家群中重量級的一位，與克麗斯塔・沃夫（CHRISTA WOLF）齊名。她擅長女性情慾書寫，文筆具少見的優美，帶著一股憂鬱氣質，題材的政治傾向，令德語文學評論家不敢忽視。她一生和其寫作與前東德祕密警察系統和東德社會統一黨關係密不可分，兩者也在她的創作和人生留下深刻的烙記。

《悲傷動物》與馬儂之前的作品截然不同，她選擇了一個發生在柏林及後統一時代的愛情故事，把個人回憶和傷痛揉合入歷史的現場，編織一本如同神話般的小說。故事敘述者在不年輕也不老的時候遇見一個男人，在那個命運決定的夏天，一個前東德女動物學家在自然歷史博物館的腕龍骨骼前遇見一名西德學者，腕龍的殘骸見証了一段激烈佔有侵奪（腕龍的特性，但他是美麗的動物）及悲劇般的愛情。那個男人沒有為她留下來，從此她把自己鎖在房間裡，再也不出門了，耽溺在消逝的愛情和感官的愉悅裡，不理會歲月的來去。

不知名的女主角或者也遺忘自己的名字和年紀了，她只對腕龍及一個叫法蘭茨的男人有興趣，並責備人們只管恐龍爲何不再存在這件事？而不在乎恐龍活過的奇妙生命。

莫妮卡．馬儂的人生經歷相當特殊。一九四一年生於西柏林，她十歲那年，母親和嬸嬸帶著她遷居到東柏林，隨後母親再嫁東德警察局長和內政部長，馬儂與繼父的關係惡劣之極，使她很早便想遠離東柏林，嚮往回到西德自由的世界，中學畢業後，在德列斯登的工廠做過女工，之後到東柏林大學修歷史和戲劇，擔任導演助理也寫過劇本，也曾在東德週報當過新聞記者。

一九七〇年，馬儂終於說服了東德祕警發給她簽證到西德旅行，理由是爲了收集小說資料，但是祕警的交換條件是她回來時必須詳細回報她在西德時與新聞記者訪談的內容，馬儂的密碼是MITZU。統一後，德國境內廣泛討論前東德作家與祕密警察的關係時，也查出她在七六年間八個月中與祕警接觸頻繁，馬儂很坦白表示，當年對東德祕警的行逕感到關切與好奇，與他們合作是唯一可深入瞭解東德政治問題的方法。二年後，她成爲祕警監控的對象，也上了反政府作家的黑名單，這些經驗和事蹟都被馬儂出書記錄下來，成爲她創作最重要的內容。

在那個黑名單時代，馬儂因遭禁，作品只能在西德出版，一九八一年，《飄行的灰燼》（FLUGASCHE）在西德問世後，馬儂對東德社會主義有忠貞信仰的母親頗不愉快，兩人一整年沒說話。此外，馬儂也對媒體的報導感到不公，一些人表示該書在西德受到普遍的重視，原因是馬儂在東德的繼父名聲太大，馬儂的繼父當時被視爲東德高層中最老硬的史達林派。

八八年，馬儂終於離開鐵幕遷居到漢堡，她沒想到的是，她費了許多心力才離開東德，而一年後柏林圍牆不費吹灰之力便倒了。她到了漢堡後寫了有關一八八九和一九九〇的歷史經驗，應該是她最重要的作品，另外，她的《帕維爾的信》（PAWELS BRIEFE）記錄的是她對家族三代的考証，她的家族經歷威瑪共和國、納粹社會和東西德的分裂及統一，帕維爾是馬儂的猶太祖父，雖然當年在波蘭從猶太教歸依基督教，但仍然無法改變他被納粹殘殺的命運，《帕》書根據的是帕維爾當年寫給他的女兒也是馬儂母親的信，是作者闡釋她爲何對東德政權深惡痛絕的理由，她把東德政權與希特勒政權相提並論，認爲二者意識型態十分類似。馬儂透過該書表達個人的身分認同，她接近及同意祖父，想像她從未謀面的德裔祖母的人生，並反對母親的政治立場，她是受苦的女兒，也是一個沒有父親的女兒。

《悲傷動物》談的是「黃昏之戀」，也是一個永不放棄的愛情故事，超越道德禁忌，幾乎像一個無政府主義的表白，所有的秩序都不是秩序，律法也不再是律法，「得到你的心或者死」，這是德國著名詩人克萊斯特（KLEIST）的句子，事實上馬儂熟悉文學引述，她所描述的錯失戀情正像難以融合統一的兩德關係，馬儂可能要說的是，兩德的關係如此的不平等，東德付出了一切，包括身分與國名，但卻得不到所愛戀情人的心，《悲傷動物》影射的便是無法統一的兩德，柏林圍牆倒了，但是並未真正統一，馬儂指涉的不祇是分裂的德國，更是支離破碎的民族心情。

馬儂以充滿詩意的文筆寫下德國社會政治的寓言，她是說，回憶便是身分，你只能在重寫過去中建構自己，只有如此你才能分辨自己的激情和動物性的直覺，她也要告訴讀者如何從狂亂的愛情中存活下來。

她是說，得到你的心或者死。

撰稿者：陳玉慧，有人初識她時說，她看起來那麼悲傷，彷彿已經活了一百年。有人說，她什麼文章都能寫，就像千手觀音。她在新聞界赫赫有名，又編又導，為台灣現代戲劇界留下許多指標性的作品。從小寫作，在文壇，她一直是一顆閃亮及令人驚嘆的行星。新近出版作品包括《我不喜歡溫柔》（大田出版）、《海神家族》（印刻）。

＊

還年輕時，就像大部分年輕人想的一樣，認為自己會死得年輕。那時的我，充滿青春和開始，而生命的結束便只能想像為橫死而美麗；我那時確信，自己是不會走上逐漸衰老這條路。如今，我已一百歲，還活著。或許才九十歲，我也搞不清楚，也或許的確已經一百歲。除了存款的那家銀行行員以外，誰也不知道還有我這個人存在。我每個月去銀行一次，到櫃檯領點錢，雖然平時用得很省，但每次總還是會害怕，或許銀行的人會對我說，帳戶裡沒錢了。雖然我之前是有些積蓄，但靠它活了這麼多年，很難想像還會有足夠存款在那裡。或許有誰發給我退休金吧？或許我真的才九十或更年輕吧？對這個世界我已經不聞不問，所以也不知道現在是什麼時代了。如果家裡沒什麼糧食，我才會為了買食物上街，有時是到市集，這也是我最喜歡去買東西的地方，因為在一大堆人群中，我也就變得最不顯眼了。我從沒遇到朋友，不過也不確定，到底我還能不能認出他們。也許只有我還活著，而他們早就通通死了。我很訝異自己到了這把年紀還能走得這麼穩當。雖然我一買總是兩、三星期的糧食，但把這些沉重的食物搬回家，對我來講也不是什麼難事。有時也會因此懷疑自己的年齡，想到或許是我把在家裡所度過的那些時光算錯了。

我的住處沒有鏡子，所以也無法照鏡計算自己的皺紋來判斷歲數。當初，可能是五十、四十或六十年前吧，我記得很清楚，是個秋季，我砸碎所有的鏡子，當我決定不再讓自己的生命增添什麼新插曲時。而要不是在幾十年前就故意把自己的視力搞壞，那我還能在早晚換衣服時查看光著身子的皮膚狀況。

最後一個情人是讓我離群獨居的原因，他離開時，把眼鏡忘在我這裡。有好幾年，我戴著那副眼鏡，讓自己的好眼睛和他有缺陷的視覺合而爲一，成爲一種共生的模糊，如此來作爲和他親近的最後可能。有天，我在廚房煮著帶點雞肉的麵湯時，把眼鏡掉在石板地上摔破了，而這時我反正也把眼睛搞得不復原有的清晰銳利，所以弄壞了那副眼鏡也不覺得有什麼可惜的。那之後，眼鏡就躺在小小的床頭桌上。有時（即使越來越少如此），我也會戴上它，去感受一下情人戴上它時的那種感覺。

對於我的情人，我仍記憶清晰。記得他進入我住處的樣子，有些躑躅，腳步經過考慮，就像倜跳高者，先來一段助跑，不讓自己錯失那準確的彈跳點。我還能嗅到他的氣味，就像他才剛離開我的房間。當夜晚來臨而我疲累時，能感到他的雙臂怎麼從背後抱著我。只有他的名字和爲什麼他離開我，這我已記不得了。

一個秋日，他離開之後就再沒回來，這事我記得清清楚楚。也可能他那時死了。有時我相信自己還記得，是三十、五十或四十年前吧，我的電話響起，然後有個聲音，很可能是他太太的聲音，對我說，我的情人死了。電話中，她先報上她自己的姓，而那也是他的姓；從那之後，我就把這個名字給忘記了。不過，當然也有可能，這一切都是我自己想像出來的。我在這屋子裡已經待太久了，會編出一些故事來解釋，爲何他當初在一個無雨的秋夜，匆匆忙忙地離開（因爲再不趕快走就會來不及，如果要讓他不在家的理由聽起來合理的話），而之後就再也沒回來。

我等著他，好幾個星期都不敢出門，因爲害怕他回來時我正好不在，然後他就永遠不再來了。夜晚，我把電話放在枕邊。等待他時，腦裡想的都是他，每次的見面，所有他對我說過的話，我們夜晚的擁抱，就像眞的一樣，我重複了一遍又一遍。我能想像我的情人如此貼近我，而快樂上好幾個鐘頭，就像他活生生在旁邊一樣。漸漸地，我已習慣等待的徒勞無功。如果能等的時候，也不期望眞會有結果，那我就等，而事實上到今天我還等著他。等待已變成我的習性，而等待的徒然也早已不會再令我受傷。我不記得和我的情人到底在一起多久，很長一段時間或不是很長，但已長得足夠用四、五十年的回憶去填滿它，眞的很長。

我那時已不再年輕，當我決定讓生命作爲一部不曾中斷、沒有結束的愛情小說繼續下去時，我的身體已處於衰老階段，這顯現在特別容易受損的身體部位的開始衰退：鬆垮的屁股、軟趴趴成波浪形的肚皮和大腿內側、皮膚下面鬆散成一小團一小團的結締組織。但是，整個身體還黏附在年輕時代的輪廓，而在有利的明暗條件和某種讓皮膚和肌肉綳緊的姿態下，讓我有種幻覺，我還屬於年輕而不屬於年老。

很幸運，我並不認得自己在這期間衰老的悲慘景象。我現在變得很瘦，如果側身躺在床上，得用被子夾襯在兩膝間，否則硬硬的骨頭會弄痛我。其實我並不在乎自己極少出現的身影呈現給路人的樣子是什麼，就我這種年紀來說，不惹人討厭就是美麗。而我仍固定洗澡，並且小心不流著鼻涕。

我的情人離去後，我把我們最後一起睡過的被褥收放在櫃子裡，沒有清洗。有時我會拿出來鋪上，小心翼翼地，不讓我情人的頭髮和頭皮屑掉出去。被單上印著一些不會褪色的火紅、鮮綠、淺紫的大花朵，這讓我想起食肉植物的花。床單是黑色的，這讓我情人的精液殘留依舊清晰可辨：一塊不太大的污漬，像坐著的捲毛狗；緊靠旁邊的第二塊，輪廓較大較不清楚，每次看著時，它就像天上飄浮的雲，啓發我新的詮釋靈感。

我脫掉衣服，躺在床上。我的愛人坐在那些食肉植物之間，背挺直地靠在牆上，連後頸也挺得很直，這讓他看起來一副很堅毅的樣子。但他這麼做其實只是爲了減輕脊椎的負擔，因爲我的情人已不年輕，甚至還比我大了好幾歲。房間昏昏暗暗，我只能看出他的側影，他抽起菸斗時，我聽到他怎麼張口吸氣；我一直等著他說句話，什麼都好，就隨便一句，但他一句也沒說，也沒看著我，而是兩眼穿過暗黑，凝視著拉上窗簾的窗戶。我給自己點了根菸，然後把身體擠到他手臂下面。在這個晚上，四十或六十年前，我們才剛認識兩個星期。

如果沒記錯的話，我在大學唸的是生物學，不過也可能是地質學或古生物學；總之，認識我情人的時候，已從事遠古動物骨骼的研究好長一段時間，並在柏林的自然博物館工作，那裡也是第一次見到我情人的地方。當時，或許現在也是，這個博物館收藏有世界其他博物館見不到的最大恐龍骨骼：一隻十二公尺高、二十三公尺長的腕龍。像是置身於一座神廟裡頭，他（我把它稱爲「他」）立在裝飾著圓柱的大廳中央的玻璃拱頂下，笨重而莊嚴，似神的展現，有著一顆小小的頭，從上朝下對著我——他的女祭司——冷笑著。每天我對他的效勞先從默禱開始，我站在他前面半分鐘或整整一分鐘，以便能看著他那用輕巧的骨頭夾針所形塑出來的美麗眼窩，並希望我們的相遇能是如此：他的骨骼仍包在五十噸的肉體裡，在總是一樣的陽光下，一億五千萬年前的一個早上，在坦尙尼亞的天達古魯——他死亡的地方而想來也是他生長的地方，尋找他的食物時，我們如此相遇。

我喜歡想起那隻腕龍，除了我的情人和他以外，我喜歡想起的東西並不多。這些年來，我學會了不去想起想忘掉的事。我也無法理解，爲什麼有許多人會把那些根本連經歷都不值得經歷的芝麻小事，堆積在他們的記憶裡，只爲了上百次甚或更多次地翻找出來展現一番，好像它們適合用來證明一個沒有浪費的人生。在我的生命中，不屬於該忘掉的事並不多；如此，我的生命就我認爲值得保存的版本來講，就變得很短了。我不知道今天大大家怎麼認爲，但四、五十年前，我還和其他人在一起過日子時，「忘記」這件事是被當作罪惡的。這種看法我在當時就不以爲然，而今天更把它視爲威脅到生命的胡作非爲。如同「忘記」這件事，可能被禁止的還有：不准在身體受到極大痛苦的情況下昏厥過去，即使只有昏厥能防止致死的休克或永久性的精神創傷。而忘記則是心靈的昏厥。

「憶起」和「不忘」根本是兩回事。上帝和這個世界曾把腕龍遺忘。地球，甚或整個宇宙忘了他一億五千萬年，直到雅寧西教授在天達古魯發現他的幾根骨頭後，我們才開始想起他，這意味著：我們再創造他——他的小腦袋、他的食物、他的習性和同類、他整個長長的自然生命和死亡。如今，他又存在，而每個小孩都知道他。

自從我的情人離開後，我虛構那個他四十或五十年前挺背靠牆坐在我床上那些食肉植物之間的夜晚情景，以及所有其他我們在一起的夜晚。如此，時光消逝，而又不消失。

自從忘掉我情人的名字後，我就把他叫作法蘭茨，因爲我百分之百確定，這輩子並沒認識任何一個叫作法蘭茨的人。我也曾試著給他取一個更美的名字，然而每個我喜歡也適合他的名字，都有我認識的人這麼叫，即使有些人只是萍水相逢；這麼一來，當我想和我的情人獨處時，可能一不小心會想起了另外那個人。而且法蘭茨（Franz）這個名字叫起來也很好聽，如果你把 a 盡量拉長、放低，在結尾時輕輕往上拉高，但千萬別太高，這樣聽起來很愚蠢，只是稍微拉高，讓介於四個子音之間的唯一母音 a 不會被擠碎；這樣的話 Franz 就是一個美麗、暗沉的字眼，像 Grab（墳墓）、Sarg（棺材）一樣。

我再也無法知道法蘭茨想的是什麼，當他筆直坐在那裡，兩眼穿過暗黑凝視著窗簾拉上的窗戶，嘴巴吸著氣，好像想講一句話。但我猜想，他只是在思考，如何避免說出那句一再要從他嘴裡迸出來的話。那一定是句可怕的話，或者一句很美的話。在透過白色窗簾滲進來的蒼白街燈光線中，法蘭茨像是在一張感光不足的黑白相片裡，慘白如幽靈，溶化在四周的暗灰裡。那黯淡的模糊拭去他臉上的歲月，在這一刻還給了他年輕。像當初四十或三十年前，我半坐半躺在我愛人張開來的兩腿之間，背靠著他穩固、溫暖的大肚皮，像他一樣看著窗簾後的窗戶，然後抽著菸。

這晚，我們認識了兩個星期。如果我沒記錯的話，直到那之前，我過的是很普通的生活。我結過婚，還有個小孩，一個漂亮的女兒，她現在也應該有七十或六十歲了。我不知道她是否還寫信給我，有時會有信件寄來這裡，但我壞掉的眼睛連寄信人是誰都看不出來了。在她最後一封我還能讀的信中，她說她和一個澳大利亞人或加拿大人結了婚，要和他搬到澳大利亞或加拿大，還說她過得很幸福。後來就沒再得到其他消息，也許她認為我死了，所以也就不再寫信。

我的先生一定是在我遇到法蘭茨之後，悄悄地從我的生命消失，否則要如何解釋為什麼法蘭茨可以隨時到我一直住著的這個房子來找我。我的先生是個溫和、容易親近的人，我們至少在一起生活了二十年。無論如何，遇到法蘭茨時，我的女兒已經長大成人，因爲那時並不用考慮到誰。當然也可能，那時其實應該考慮到其他人，但我卻沒那麼做。不過，法蘭茨是個比我溫柔的人，他無論如何也不會讓我因爲他而把小孩打發走。

有時，但不常，我會想到那二十年裡的某一天。如果說那時有不快樂的話，我自己並沒意識到，直到四月裡的這一天，有人把我腦袋的電流切斷，是誰我並不知道。那個傍晚，我正穿過弗里特利希街要去搭區間火車，舌頭突然莫名地麻木起來，然後很快擴散到其他感官。接下來二十分鐘發生的事，是一位年輕女士告訴我的，她在我痙攣抽搐、口吐白沫倒在石頭路上時照顧我。在完全昏厥了差不多三分鐘之後，我醒了過來，但接下來的十五分鐘卻是心智狂亂，當救護人員要把我扶進救護車時，我瘋狂揮手亂打，爲了讓我安靜下來，救護車假裝先開走，過了幾分鐘後再開回來，然後把我送到醫院。

陪我到醫院的那位女士說我看起來有一種很害怕而引人同情的樣子，直到某一刻我的臉突然放鬆，冷靜、筋疲力盡地問說發生了什麼事。從失去知覺到踏上醫院入口階梯這段時間，我什麼也不記得。在醫院裡，他們對我用上所有現代醫學的酷刑，但卻找不到任何可能是導致我突然昏厥的身體問題。過了好幾週之後，我有時仍覺得腦袋有個地方運作得和突然昏厥前不太一樣，會左右顚倒，好像有人把電流的陰陽極插反了。譬如說，我弄反了別人的姓和名，或者想的是32時卻寫成23，或是在家裡要開門時，明知道門把在右邊，卻把手伸往左邊。作爲一個自然科學研究者，我當然知道這種症狀能有合理的解釋，而以我的病例而言，甚至是個簡單的理由。然而，這次的突然昏厥和後續的種種，卻讓我越想越害怕。我第一次產生這樣的疑問：到底爲什麼進化論可以拿來作爲沒有更高理性存在的證明？畢竟這理論也完全有可能是這個更高理性的發明。

一年後，我遇到法蘭茨。我並沒去尋找，也沒期待他的出現。有天早上，他站在我旁邊，腕龍由上向下對著我們冷笑，不像平常只是對著我一個人。法蘭茨輕輕地、令人難忘地說：一隻美麗的動物。

就像皮膚一下子不太確定，是被熱燙的水還是冰冷的水弄痛，我一時不知道碰到什麼事，這個陌生溫柔的聲音是在嘲笑我和這副骨骼無聲的對話，還是發出這聲音的人知道我的祕密，就像我一樣，越過一億五千萬年，聽到腕龍一噸重的心怦怦跳著，而能使那腐爛的肉體復活起來。

法蘭茨——我那時還不知道他的眞實姓名，所以也無從忘記，有雙青灰的小眼睛，灰得就像莫迪里亞尼畫中女人眼睛的藍一樣，在睫毛之間沒有一絲的白。但這是一個我至今無法改過來的錯誤。法蘭茨那雙小小青灰的瞳孔四周充滿了白，這就小眼睛來講是很平常的。我後來有時甚至會覺得，法蘭茨的小眼睛白得多得不太吉祥。而一想到第一次和法蘭茨的眼睛相遇時，總覺得那投向所有或說投向一無所有、完完全全灰色的眼光注視著我。

我常想，爲什麼蒼白瘦削、手披灰色大衣的他，那天站在我面前時，沒被我當成一個平常一般、有份正當工作、規規矩矩的中年人。他的「那頭腕龍是隻漂亮動物」的說法，也可能被我當成是想和我談談恐龍絕種一事的客套開頭話，而不是像神諭似地讓我深受感動。恐龍滅絕的事，在三、四十年前，是記者和各年齡階層報章讀者，包括小孩在內，最感興趣的話題之一。我那時覺得很奇怪，爲什麼不是對恐龍的「生」感興趣，而是對他的「死」。沒人尋問，這些龐然大物如何能存活了一億年或更長的時間，這對我來講才是眞正的祕密。而在他們看來，某種東西在地球存活如此長一段時間後，某天又從地球消失，彷彿不是一件正常的事。

但或許正是這種不祥的預感，使人類去尋找一個合理、獨一無二且不可能重複、不會發生在他們自己身上的原因。因爲他們一直擔心著人類自身的毀滅，有時是因爲核子彈，有時因爲新的疾病，然後又有極洋冰層的融化。他們強烈擔憂人類的毀滅，好像自己的死活全繫於此，然後把彼此搞得毛骨悚然。他們充滿恐懼看著自己的物種成長爲一隻貪婪無節制的吞食怪獸，而他們似乎等待著這隻怪獸突然爆裂或以另一種方式走向毀滅，或者期待一種奇蹟的發生。在這種貪婪無節制中，他們覺得自己顯然和恐龍是同族，從牠們的命運可看到對自己同樣的威脅。他們最喜歡相信的是，一顆隕石導致了恐龍的滅亡，也就是禍從天降，但他們卻沒意識到，小烏龜卻在那個災難中存活了下來，無論那是什麼樣的災難。

想必是因爲法蘭茨柔和、帶有不知哪裡方言語調的聲音和他小小青灰色眼睛中所散發出來無目的的認眞，以致我那天早上完全沒把他當成一個尋找慰藉的

「啓示家」。在確定他並非嘲笑我在腕龍前面的晨禱後，我回答：「是的，一隻美麗的動物。」

那之後，有兩千次或者更多次，我一再體驗那一刻，雖然我更多次禁止自己這麼做，因爲害怕生命中珍貴的那一刻可能會因爲我無法控制的渴望，想要一次再一次的經歷，而喪失它的魔力。然而，當我允許自己，在我們博物館的玻璃圓頂下站在法蘭茨身邊，回答他說：「是的，一隻美麗的動物。」便如同當時，美妙的音樂響起，就像光線透過玻璃圓頂灑落下來，整個大廳傳來迴響，震動了腕龍的骨骼。「讚美與榮耀歸於至高的善」，天籟之歌唱起，而法蘭茨微笑著。

法蘭茨後來說，他一進那大廳，看到我站在腕龍前，就湧起一股莫名的期望，驅使他一定要和我說話，雖然記憶中他不曾如此直截了當地接近一個女人——如果不把年少時有過的幾次笨拙行爲算在內的話。

當我們陷入那種說出「我愛」的情況時，那無論我是一百歲或才八十，也不管我是花了四十、三十或六十年去思考到底發生了什麼事，其實沒什麼不一樣——即使我再抱頭沉思個五十年，也得不到什麼答案。我甚至連愛情是破門而入的還是逃脫出去的都不知道。有時我相信，愛情像另一種生物闖進屋子來，潛伏在我們周遭數月甚或數年，直到記憶或夢想侵襲而來，我們迫不及待地張開毛孔，而它就在瞬間穿透過來，和我們皮膚所包住的所有東西混在一起。

或者它就像病毒闖進我們，悄悄棲息，直到有天發現我們過於虛弱無法抵抗時，便爆發成為無藥可救的病症。或者也可以想像，它像個囚犯，打從我們出生起，就待在我們裡頭；偶爾它能解放自己，從我們的身體，也就是它的監獄，逃脫出來。當我把它想像成逃脫出來的無期徒刑的囚犯時，我最容易了解，為何它會在那少有的自由片刻如此狂暴，為何它會如此殘酷折磨我們，讓我們投身滿滿的希望，隨即又跌落深深的不幸，好像它要向我們顯示，它如何能原諒，如果我們願意受它支配，和我們應該得到什麼懲罰，如果我們不接受它支配。

我想，在碰到法蘭茨以前，我的愛情就已經為它的自我解放做好了準備——自從我自問自答了那個問題，自從知道生命中除了愛情以外沒什麼不能錯過的，在這時候，它已經挖掘了逃脫的地道，而當我第一次遇到法蘭茨時，它已經脫身、自由了。從一開始，它就決定了我要做的。在法蘭茨這件事上，我不記得自己做過任何決定，即便只是個小小的決定。並非它禁止我，而是沒什麼可決定的，因爲從一開始就什麼都決定了。對它的強制，我沒做太久的反抗，雖然它對我的那種「不用懷疑，就是這樣」的處置方式讓我感到屈辱。然而我的每個微小嘗試，要它收斂點，總以它的勝利和對我的再次而更大的屈辱收場，就這樣它每次要我了解，只要順從它的計畫即可，什麼都別管。

直到法蘭茨離開我，而我不抱希望地等著他，我才和它和睦相處。不再區分它和我，從那時起所發生的，都是我要的。

當然，我那時，五、六十年前，相信我所有的幸與不幸都來自法蘭茨。

我曾活在一個奇怪的時代，遇到他時，那時代剛結束。現在我已不再看報紙，除了銀行的櫃檯員以外，我沒認識任何有時會交談幾句的人。所以也不知道，在這期間，大家對那時代的看法是怎樣以及怎麼去評論它的。但我無法想像，今天還有人會了解，當初一個以國際解放運動來僞裝的強盜集團如何能成功地將整個東歐大陸與其內海、幾個外島和佔據的領海從其餘世界嚴密隔開，然後他們再冒充是各自國家的合法政府。所有這些都是一場戰爭的結果，而發動這場戰爭的是一個民族盜匪集團，也就是德意志民族。其中一個戰勝國是上頭提到的「解放集團」所統治的西亞細亞共和國，整個東歐被當成戰利品判給它，其中包括半個德國和包含在內的半個柏林，而我多災多難的母親就是在兩次轟炸之間在這個城市生下我。

年輕時我讀過一本以年數爲名的書，叫作「一九幾幾年」之類的。書中描述的狀況和我們生活的情形相似，只是我們所經歷的更無意義，這或許可說完全是政黨領導者的愚蠢所致。而謝天謝地，我已不記得那四十年的大部分時候，再說，那時的大部分事情也過於荒謬而讓人難以記得。我那時應該背一些骨頭的名字和骨頭發現的地方，這能讓我忙些至少是我感興趣的事。像我這樣習慣思考到數億年的事，想來比較容易將那四十年的土匪政權看成瀕死的突變。它的存活，以宏觀世界歷史的角度來看，所佔的時間還不如腕龍從地面抬起一隻腳所需的時間。我那時的所作所爲主要是出自對自然科學愛好的觀察，我密切觀察自己對那些非邏輯且經常是威脅到物種的要求的反應，有時還記錄下來。但這些現在對我來說既無用也無害，因爲我已經沒辦法再讀東西了，而這樣我也不會因爲一時輕率的好奇，會想去毀掉我幾十年的遺忘工程。

就像東歐境內的每個生命一樣，我的生命也在荒謬的專制獨裁下遭到無情的摧殘。除了有腕龍以外，我們博物館整個的恐龍收藏也是世界最好的之一，我們有一隻長鼻龍、一隻樹龍、一隻肯龍、一隻板龍和一隻緩龍，而尤其特別的是我們有隻「始祖鳥」，美麗珍貴的始祖鳥。而我，想做他們愛人和創造者的我，卻被派作爲他們的清潔工。我可以管理他們，找出他們關節破損的地方，但卻不能去尋找他們在美國蒙大拿、紐澤西、康乃狄克河谷或紅鹿河山谷的兄弟姊妹。我不能去看波利尼·穆迪十九世紀初在美國麻州南哈德利地方的自家庭園裡發現的奇特鳥類足跡；我甚至連去參加個會議，和那些見過這些東西的人碰碰面都不行。

當一個人在生命中對某種東西的熱愛超過任何其他東西，而很熱中想去探索、去觀看、去碰觸它可能能被了解的一切時，那個人一定能了解我的不快樂。

離我們博物館大約三百公尺的地方，延伸開來的是爲了圍住東德中間西歐領土的西柏林而建的柏林圍牆。它存在的那幾十年，把我和我城市的較大部分隔離，而這讓我感覺眞是惡劣，但也一直很驚奇，這種土匪的胡鬧竟然搞得起來，而四百萬的市民竟也能接受這種冷酷無理的要求，好像加州的居民得接受聖安德列亞斯斷層有天終於眞的斷裂了一樣。就像一想到宇宙的無限我就頭昏一樣，一想到那令我難以理解的圍牆也是如此，三公尺高醜陋的水泥牆，不僅把我從地球其餘地方隔離，也把我從它的整個遠古歷史隔離。古生代、中生代、白堊岩地、侏儸山脈……，我一生想致力研究的，都被奪走了。我還記得一個同樣在恐龍部門工作的年輕男同事，有好幾年，他夢想著從腕龍腦袋上方那個玻璃屋頂作爲起飛點，乘氣球穿越三百公尺到達圍牆另一邊，而他所需要的是東風，但這很少有，而且也難以計算什麼時候會有。此外，這計畫也需要周詳的準備，因爲他當然只能在晚上行動，但夜晚時，熱氣球的火焰會亮得很清楚，所以熱氣球根本行不通。如果是氫氣球，那他至少要把十個沉重、高一點五公尺的鋼瓶搬到玻璃屋頂上，然後堆積在那裡好幾個星期，等待下一次的東風來臨，而且還得保佑這些東西不被發現。但無論如何，這年輕人有天忽然不見了，就像我女兒一樣，後來他從羅馬寄了張卡片給我們。這年輕人我記得很清楚，因爲我那時常這麼想像：

晚上在暗黑的大廳站在腕龍旁，透過玻璃屋頂看著氣球漸漸充氣，直到撐得圓滿滿的，然後載著那年輕人升起。我看到他的鞋底如何踏離屋頂，他的雙腿怎麼擺動著，好像他能在空中行走一樣。我那時眞的是活在一個很奇怪的時代。而又有誰知道，如果能走遍全世界探尋恐龍的蹤跡，我就能更了解他們？是否我和我最愛的恆久的對話，能讓我更靠近恐龍的祕密，就算從他們那裡感到的所有不祥預感不會提供作爲教科書裡的一句話？我不知道！

*

法蘭茨很少能在我這裡過夜。通常他會在晚上十二點半時問我幾點了，但這其實沒必要，因爲一到十二點半，他總會準確知道是該準備回家的時間了。我直到今天都不明白，爲什麼他總得在一點回到家，而不是兩點或三點。但我確知，這些欠缺的或說額外的時數不會改變任何事。偶爾因爲法蘭茨的妻子自身一人去拜訪某個親戚兩、三天，在那少有、我不用和他妻子分享的夜晚，我總是在他入睡許久之後才睡著。我清楚記得他睡覺的樣子，纖柔如蛾翼的眼瞼蓋住他青灰的小眼睛，白天因害怕洩密而不安收緊的柔軟下唇放鬆了；當他因累了睡攤在那裡，嘴微微張開，淺淺急促呼吸著，像個被追趕的小孩。我看到他冷得用枕頭蓋住自己，或在燠熱的夏夜睡成大字形攤在食肉植物之間，瘦削放鬆，像馬蒂斯畫中跳輪舞的人物。

法蘭茨最特別的地方是，我從一開始就對他沒有恐懼感，在所有我愛過的男人裡頭，他是唯一不讓我覺得恐懼的人。否則無法解釋，雖然已不再年輕的我，能克服對陌生男人肉體的膽怯，而有天突然讓自己裸露的身體——多年來我以同情和關心觀察它的逐漸衰老——躺在法蘭茨裸露的身體旁邊。隔天我就已經不記得，是什麼言語或動作，讓我不願再有赤裸相見的慾求和恐慌的決心，付諸流水。法蘭茨知道是什麼，但卻不說。直到有次，我纏了他很久，因爲我懷疑在我健忘原因的背後可能有什麼不好的行爲，而法蘭茨用食指和中指的指背撫著我的臉頰說：「就是這樣。」

也許是那樣。四十或六十年來，我嘗試了又嘗試，想從遺忘的無邊之海搶救剎那的幾秒。然而，依舊無以尋覓。我只知道它的模擬：法蘭茨的手指撫過我的臉，堅定如認眞的話語，匆匆像收回的承諾。或者如此，像我小時候第一次偷偷摸了一下腕龍一樣，情不自禁，彷彿那觸摸能讓我分享他的祕密；手剛碰到他的腳，突然一個哆嗦，我趕緊把手收回。所有死去的，在他的生命和我之間死亡的，脈搏跳動了一剎那，在我的指尖和他石化的腳趾之間。我和法蘭茨所感應到的也一定是這樣，當他指背的皮膚和我臉頰的肌膚相觸時，無以理解的愛情密碼瞬間傳遞那不可言說的。

從那時起，我開始忘記，首先是那些在法蘭茨之前我認識過的男人。剛開始時，我並沒眞正忘記他們，我記得他們的名字、他們的職業、他們的樣子，和他們相處的時間，甚至他們的身體，只有他們的撫摸我不記得了。我無法再想像那是快樂的或甚至只是舒適的，如果摸索我身體的手不是法蘭茨的，雖然我確知，當初應該是那樣。我懷疑在法蘭茨之前我曾愛過任何一個男人，雖然遇見他之前我曾確知自己至少眞心激情地愛過兩個或三個男人——即使對錯過愛情的猜疑一直離我不去，自從某人或某物在四月的一個傍晚在弗里特利希街馬路中間對我顯示我的死亡。

事實上，一開始時我並沒忘掉那些男人，雖然我那時覺得如此。直到今天，在經過二十五或四十五年不斷重複我和法蘭茨的生活之後，學夠了記得和遺忘，才知道那時首先忘記的是自己。我忘了所有的情慾，忘了所有的溫柔和慾求，所有可能導致我對法蘭茨獨一無二的愛產生疑問的一切，都被我從記憶中抹滅，好像我從沒經歷過那些事一樣。

在最終的幾週或幾年，我又想起了這件或那件事，這只能意味，我對法蘭茨的愛——只因爲如此我在我的住處度過了這麼多年——正在衰退。但除了愛他以外，我沒有其他理由活著，所以我相信我很快就會死。或許我反正很快就得死，而我消逝中的愛，只是我生命力衰退的表徵，就像那逝去已久的人、事又浮現在我的腦海，可能也是指明我的來日不多——如果人們說的是對的：人在老年時，會再度清晰想起年輕時，然後孩提時代，一直回到那個開始點，在這裡「先前」和「往後」融合成死亡。

如果我沒弄錯的話，這是可能的，因爲十或二十年前我已有一次覺得如此筋疲力盡，而認爲自己活不過下個月，如果我沒弄錯而這次眞的死的話，這將是我最後一次再體驗和法蘭茨相處的時候，我得仔細回憶，這樣才不會忘記那些最重要或說最美好的日子，而它們多半是在夜晚。

*

我躺在法蘭茨旁邊。那時是夏天，第一個我和法蘭茨共度的夏天，也許也是唯一的一個，或是兩個或五個，我不知道。我躺在他旁邊，沒撫摸他，而是跟他說起我朋友埃米勒葬禮的事。法蘭茨所活過的時代背景和我不同，他出身前西德地區的烏爾姆，對於我來自的那個奇怪時代，他只在報紙上讀過。我費力跟他解釋，埃米勒怎麼會有那麼滑稽的葬禮，如果不是那一年，甚至早幾個月或晚幾個月都不會如此。我所生活過的那個奇怪時代在那夏季的六個月之前剛結束，而還在那個奇怪的時代時，我認識了兩個出身薩爾州的人，其中一個是蓋屋頂的師傅，後來被那「國際解放集團」任命成為我們國家的元首。另一個就是埃米勒，或許那時的東柏林還有更多來自薩爾地區的人，但我只認識這兩個。而如果該讓一個薩爾人掌管政府的話，那我再怎麼也寧可選擇埃米勒。我並不是看不起屋頂工人，而是覺得有能力鋪好屋瓦並不代表有能力領導一個像國家這種複雜的組織結構，即便只是一個獨裁國家。畢竟，即使是專制獨裁，就長久來說也需要一種訓練有素的才智。埃米勒是個有才智的人，他尊重教育和他認爲有知識的人。我認識他是因爲他帶學生來參觀我們博物館，而我向他們做了關於腕龍的簡短解說。從那之後，我們有時在博物館附近的一家咖啡館碰面，或者他來我家坐坐。他曾在我家和我先生辯了好幾個晚上，爭論馬其諾防線能否擋得住德軍，如果它不是建在地底下，而是像圍住柏林的牆一樣高三公尺的話，如果防線不只是從德國的德摩特一帶到法國的美熱爾地區的話，因爲這裡是山地的關係，任何一個腦袋清晰的人都不會從這裡攻打，而是也會在北部低地區的法蘭德斯邊境展開戰事，特別是德軍在第一次世界大戰時也曾在法蘭德斯這一帶進出。這事我之所以會清楚記得，是因爲我對此一點都不感興趣；每回他們重建馬其諾防線時，我都會自問，到底人要具有什麼樣的特質，才會對此感興趣。

埃米勒後來離開教職，進入政界，飛黃騰達，在權力的穿堂——像他自己後來說的——遊蕩了好幾年，直到胸部不得不被鋸開爲止。他的心血管阻塞，醫生拿他小腿的小小幾段靜脈來修補。

我不知道那時所有薩爾人的企圖心是不是都如此強烈，像那個屋頂工人或埃米勒一樣。不過，埃米勒眞的是個正派的人，要不也不會在穿堂的遊蕩中，當了好幾年那個屋頂工人副手的得力助手，而差點死在那裡。

埃米勒被鋸開的胸骨又長合。只有從鎖骨到肋弓的那道縫合處讓人想到他差點掛掉，而每次他展示那縫合處時，都會讓我想到一隻被塞進料理然後縫合待烤的鵝。埃米勒變成傷殘退休，並決定寫一本關於美因茲共和國時期的女雅各賓黨員的書。他說，如果不是因爲生病，他會一直愚昧下去，他的意思是說，身爲「國際解放運動」裡的一員，如果不是因爲疾病使他從那裡解脫出來，他不會認知到那是個犯罪集團，而大概會一直替它服務下去。

當然，事實剛好相反，埃米勒之所以生病，是因爲他無法達到那種薩爾式企圖心所要求的那樣深的愚昧。

此後，埃米勒過著退休生活，就像所有其他太老或病太重而無法正常工作的人，通往世界的門也爲他而開，這門當時是在弗里特利希街車站的一棟玻璃平房裡。每星期一他通過這個來往東、西柏林的檢查站，搭車到西柏林的「選帝侯大道」，買本《明鏡週刊》，然後在「凱賓斯基」大飯店喝一小壺咖啡。爲了這個享受，他得花掉很可觀的退休月俸，因爲這樣一個月花掉的五十西德馬克，他得在黑市用六倍的東德馬克去換。回來後，他興致勃勃拚命談他看到的花店和書店，好像談的是梵蒂岡的西斯汀禮拜堂或北美的尼加拉大瀑布。在一次的「世界之旅」中，他遇到從前當過舞者的西碧樂，她後來因爲腿部複雜性骨折，年輕時就放棄跳舞，但爲了不想完全放棄對舞蹈的愛，她開了一家芭蕾服飾的小店。

埃米勒那時五十九歲，西碧樂四十九歲，我想他們是我這生見過最美的一對情侶。他們能在談話中突然深情脈脈彼此互視，讓同桌每個人深受感動而停止交談，沉思在自己生命裡相似的快樂片刻中。雖然兩人對於公開示愛寧可說是保留與害羞，但也會尋找每個機會迅速碰觸一下或好像湊巧靠在一起一下，彷彿他們得確認彼此的眞實存在，又彷彿他們無法相信兩人之間那麼多、那麼眞實的幸福。幾個月後，埃米勒請人幫他計算，如果他搬到西柏林的話，能領到多少退休金；而西碧樂則開始找尋一間更大的住處。

然後，一夕之間，那個奇怪的時代結束。「解放集團」失去了權力，柏林圍牆被拆除。西碧樂來找埃米勒時，不用在晚上十二點離開我們這邊的城區，而埃米勒的住處也大得能夠讓兩個人住。

但埃米勒的心又騷動了起來，這事非關西碧樂，而她也無法了解，包括我也不能了解，雖然我因爲認識他很久，所以在聽到他又思戀起那權力的穿堂時，並沒有過於吃驚。埃米勒請醫生開證明，說他已經痊癒，然後加入一個新成立的政黨，夜以繼日爲這政黨的勝選打拚。他又成了某人的左右手，這次是個裁縫師傅，因爲新成立的黨欠缺人手，所以這位裁縫師傅就成了高階黨官，而埃米勒是他的辦公室主任。終於，埃米勒可以建構自己的馬其諾防線，不用事後對一場早已輸掉的戰役耿耿於懷，而是在現實世界爲未來而戰。四個月之間，埃米勒成了一個創造歷史的人。他的黨勝出，他的老闆登上市長寶座，而埃米勒在這之後還活了三個星期。我在報紙上讀到他的死訊：「市長辦公室主任埃米勒・皮於清晨時刻因第三次的心肌梗塞死於伴侶的住處。」

我打電話給西碧樂，什麼都還沒問之前，她這麼說——彷彿她已經對自己說了一遍又一遍，而卻無法理解：「他不是死在我這裡。」在這之前幾個月，西碧樂和埃米勒已經很少見面。對西碧樂來講，她甚至能爲他放棄芭蕾服飾店，卻很難了解埃米勒對他新職位的那種狂熱，但她把這歸因於那個埃米勒生活過而她大概永遠無法完全了解的那個奇怪的時代；然而，西碧樂有次說，如果是她得放棄自己想成爲舞者的夢想，她也會做的。

所有我參加過的葬禮，都讓我覺得有點滑稽。那一致性的哀悼，不管你喜不喜歡那個死者，雜亂的儀式、職業性墓前悼辭者的隨隨便便謊言，對這種倉促的告別演出，我別無選擇只能覺得滑稽或令人難堪。埃米勒的葬禮則是滑稽得有夠看！我不知道他是如何辦到，即使死得很突然，還能做到讓自己葬在城內最有名的墓園，而他的墳和黑格爾、布萊希特的墳就差那麼幾公尺。這是他一直希望的，但也自認要達成這種無理要求的機會很渺茫。我可以想像，埃米勒要的不是別的，而就是這兩公尺的墓地，即使代價是背叛他的愛和西碧樂、獻出他還可以活的五或十年的生命，只爲了那不可能再有、讓他能取巧來到「永垂不朽」旁邊的機會。埃米勒知道自己是冒著生命危險任職的，所以他大概寫了一份遺囑表達他迫切希望能被葬在「市立多羅天墓園」，而這很難讓市長拒絕，一旦埃米勒確實是爲他而死。我想埃米勒的心思應該是這樣，覺得在知名墓園的永恆要比和西碧樂有限時間的相處來得有價値。

總之，他想起從前病危時照顧過他的一位女友，於是這位女友在他無眠的那些競選活動的禮拜和剛接下官職這段時間，負責照顧他的生活起居：她替埃米勒洗襯衫，即使夜半也爲他煮碗湯，而在他臨死時叫了醫生過來。如此，在埃米勒要下葬時，他的墓旁站著兩位寡婦，神色呆滯拿著一大束紅玫瑰的西碧樂，還有手拿一束白玫瑰、被致辭者稱爲「親愛的華格納女士」的那位前女友，而西碧樂的名字則沒被提到。在追悼會時，華格納女士坐在第一排，西碧樂來得太遲。她到的時候，新黨的副主席正在致辭，她悄悄踏進禮拜堂，但關門時卻太大聲，以致大家都回過頭來看到她站在門邊，還有一束大紅的玫瑰和滿臉的蒼白，白得連雀斑的顏色都能蓋過去。華格納女士之前並沒見過西碧樂，但似乎在那一刹那之間就知道站在門邊的是誰，然後馬上又把頭轉回去，不知是嚇了一跳還是不屑一顧，總之是鐵了心，不想讓人破壞她未亡情人的角色。那個副主席說他才認識埃米勒幾個月，但在那幾個月裡卻對他印象非常深刻。第二個致辭者是市長辦公室的一個年輕人，他也這麼說。大部分在場的都只認識埃米勒幾個月，這一定讓華格納女士如釋重負。總之，看著華格納女士怎麼站在埃米勒墓邊，讓人充滿同情地握她的手一百次或一百多次，令人覺得可怕。

我四歲或五歲的時候，在人行道排水口發現一個洋娃娃的頭。那時是戰後的第一年或第二年，我渴切想要有個洋娃娃，但卻沒得買，或者是我的母親沒錢買，所以意外發現一個洋娃娃的頭，我也滿足了，我把那個頭放在娃娃車裡，蓋住脖子，好像那腦袋還連著一個身體一樣，要不是有個粗魯的傢伙大聲笑我，我會在推著洋娃娃散步的幻覺裡很快樂。沒有人笑華格納女士，至少不會讓她聽到，而她或許會以快樂的守寡身分過其餘生，甚至在談到埃米勒時會說：「我死去的丈夫……」在葬禮中，她擔任她的新角色還有些不太熟練，就像那個市長扮演他的角色一樣。他讓他的部屬拿著花束，之後也讓他的部屬獻上花束，或許這樣對他來說已算是很盡力，要不怎麼解釋他為什麼不自己拿著那普通大小的花束，並沒大過西碧樂和華格納女士兩人的。市長獨自在一邊，沒和其他哀悼者一起，孤單地走上前走下來，他的部屬拿著花束，距離兩、三步跟在他後面。當他那漫無目的的腳步改變方向時，兩人都得費一番力氣才能維持合適的秩序：市長在前，部屬在後。看來，除了從電視上觀察其他政治人物以外，這個從前的裁縫師傅，又能從哪裡知道，怎樣才能恰當無損他新職位的尊嚴。或許，和權力交往經驗豐富的埃米勒能告訴他，但埃米勒已經死了。

法蘭茨還躺在我身邊，蒼白的街燈光線穿過白色窗簾照在他臉上。我看不出他青灰的小眼睛是閉著還是張開的。

這就是那個夏天，我跟法蘭茨說，然而在那個夏天裡，沒有人再像上一個夏天一樣了。裁縫師傅成了市長，以前的女友是埃米勒的遺孀，那些埃米勒一年前還不認識的人，成了他最親近的朋友，在墳邊爲他致上悼辭，而原來的那些老朋友則不被認同地站在一旁。好像埃米勒只活了這麼一年，好像我們大家才剛活了一年。只有西碧樂又回到她的芭蕾服飾店，就像以前的她一樣，只是又被多背叛了一次。

接下來，法蘭茨馬上又要問我三十或四十五年前也問過我的問題。他會問：那妳上一個夏天還是誰呢？而我還是會不知道該怎麼回答，因爲我無法再想像，沒有法蘭茨的我曾經是誰。我只能說，我不曾是誰或不曾是什麼。一年前我不是法蘭茨的情人。而後來於我而言似乎如此，如果把我的生命看成就是一個等待法蘭茨的長長等待，那我整個生命從出生那天開始，彷彿就是這個意義。有時我甚至相信，柏林圍牆之所以被拆毀，就是爲了讓法蘭茨終於能找到我。而如果我不像每天早上一樣，站在腕龍前默禱，安慰自己所錯失的一切，而如果我的生命過得不是那麼不快樂，或如果我沒把站在腕龍前面的地方當成我的蒙大拿、紐澤西或波利尼·穆迪在麻州南哈德利的庭園，那法蘭茨也不會在那裡遇到我。

但法蘭茨並沒問我，一年前我還是誰。也許當初他也沒問我，而是我預期這個容易想到的問題，並覺得如果他眞的這麼問的話，我會不知如何回答。其實法蘭茨甚至不可能問這問題，因爲他自己從不回答類似的問題，至少不是眞的回答。對於這種要求表白的問題，法蘭茨準備好了三個答案：「也許。」「可能吧！」「我哪知道？」而其中最後一個「我哪知道？」還算包含了給予訊息的意願，至於「也許」、「可能吧」的公式則示意他明顯不願回答。如果我問他，他上個夏天還是誰？他想來會這麼回答：「我哪知道？」這樣的句子帶有一個輕微、不明確的絕望，既可以表示因爲問題的無意義而無法回答，同時也可以表示是因爲自己沒能力去回答。如果我再問他是不是討厭這樣的問題，他會說：「也許。」而這個詞摻有謹慎、膽小的警告：「別再問了！」如果我還是問，是否討厭問這種問題的人？或是一個寧可對自己一無所知的人？那他會說：「可能吧！」法蘭茨不喜歡無禮，但就像大家一樣，難免會碰到。他學會了用「可能吧」來接下別人的無禮，再把「無禮」丟還給原來那個人，就像希臘神話中的英雄帕修斯利用鏡子而不是直接觸及蛇髮女妖美杜莎可怕的眼光。

我思考越久了解越少，我怎麼會把如此一個愚蠢的問題強加給法蘭茨幾十年？因爲只要我再去體驗這個夜晚，它就會以法蘭茨的這問題「那妳一年前還是誰？」來結束。眞相可能如此，這問題被問而沒被答，被我問而沒被我回答，四十或五十年來一而再再而三沒有答案，但是我也很久不再去尋找了。我接受這事實，在生命中，我們最沒能力做到的就是認識自己。我們甚至連自己長什麼樣子都不知道，我們認識鏡中的影像，認得我們在相片上、錄影帶裡的自己，不過也就是這樣而已。如果有人說，我們和另一個人長得很像，我們就無法了解了，爲什麼？我們無法從自己這裡再找到我們的小孩，無法在父母那裡找到我們。當初，我還在乎自己的外觀時，我知道我有灰眼睛、彎鼻子，還有一個我一直覺得太細薄的嘴巴。但我不知道，如果剛好遇見自己的話，會不會喜歡自己。這就是爲什麼我們如此好奇地傻看著自己的相片，因爲它顯示我們從來看不到的：我們移動著，在其他人之間，笑著或沉思著，眼睛閉著或甚至睡著了，無論如何，和我們準備好、虛假的鏡中影像不同。我們希望能做到，在我們和影像之間，變出幾秒鐘的陌生感，來看看別人是怎麼看我們，我們是怎麼看別人。但我們無法做到這樣。

自從我任憑法蘭茨看到、撫摸我的裸體後，我自問：當他看我的時候，看到的是什麼？

我四肢伸展躺在法蘭茨前面，時序冬天或深秋，白色街光沒阻礙地穿過窗前無葉的槭樹枝，透過窗簾照進來。我一絲不掛躺在法蘭茨前面，他小心順著我身體輪廓，用指尖撫摸我皮膚的疤痕和皺裂，還有我太過鬆軟的胸部，然後說我很漂亮，讓我窘得不知所措。但是他看我的時候，看到的是什麼？有可能我在他青灰小眼睛裡的美，是來自他不佳的視力，因爲如果我們一起躺在床上，他當然沒戴眼鏡。但我自己還看得清楚，只有很累時，讀東西有時會有些困難，所以在遇見法蘭茨前幾個星期，我配了一副眼鏡，但在他面前我從沒戴過。雖然我比法蘭茨年輕幾歲，也看得清楚，但我覺得他也很好看。對於他這時的美，法蘭茨似乎不像我對自己的美那麼相信。但像我一樣，他喜歡指出他過去的美。每當我稱讚他身體某個部位，譬如他像圓柱似的長長的大腿，或者他雖然不特別寬但強壯的肩膀，他會說：「那妳應該看看我三十年前還擲鐵餅的時候。」而法蘭茨稱讚我的美麗時，我會說：「喔，是的，曾經是這樣。」現在我一百歲了，謝天謝地，法蘭茨再也看不到我這從骨頭掛下來的肉片。不過我還能看到法蘭茨，雙手叉在後腦勺，眼睛瞪著天花板，躺在那些食肉植物間，好像在夏日草坪上，而我，就像三十或四十年前一樣，清楚知道，他十七、八歲時看起來是什麼樣子。

你是我遲來的年少之愛，我跟法蘭茨這麼說，他說：「哦?!」這聽起來像個問題，一個顯然是希望我做進一步解釋的問題。

我沒有年少之愛，總之沒有幸福的。我愛的，沒一個愛我；而愛我的，沒一個我愛。一種缺陷或自大。

幸福是那種得不到的，而能得到的，必然是錯誤的幸福。是，法蘭茨說，是。一個渴念而自我死亡的「是」和它微弱的回音。十年或二十年來，我再度記起。在那晚我聽到它又忘記它。很奇怪的，我們知道如此多又同時如此少。當然，我一直都知道，我沒有年少之愛，我當然知道，因爲年輕時徒然等待和尋找它的人就是我，看著身邊的人因相愛、訂婚、結婚而得到簡單不複雜的幸福。而我因爲無法理解的原因，性格上或諸如此類無法解釋的，而得不到。我渴望那幸福但同時又蔑視它。或許我也蔑視那些幸福中人。至今我仍自問：是什麼或是誰把這種陰鬱注入我靈魂中？是那場戰爭？我在其中出生的那場戰爭？或是我母親那種叫人受不了的生命狂熱？有誰知道？無論如何，我沒有年少之愛，在碰到法蘭茨之前，我並沒有想到這件事。直到和他相遇之後，這句子「我沒有年少之愛，我錯過一些事物」才有了意義。

法蘭茨有過年少之愛，他跟我說了這事，也讓我看了一張照片：法蘭茨和一個女孩子在沙灘或草坪上，他們的臉散發出彼此相屬的愉悅。毫無疑問，他們是天生一對，永遠的愛人，照片中的他們仍是如此。法蘭茨把他的身體彎成像個洞穴，那女孩雙手雙腳交叉坐在裡頭，法蘭茨的右手落在她胸前，但沒碰到她。

另一張照片是法蘭茨自己一人，他的小眼睛穿人他上方那片青灰的天空，彷彿要吸乾它哀傷的顏色。

是，法蘭茨說，是。這事被我忘記，如果我沒忘記，而如果我現在問法蘭茨，他的「是」是什麼意思？他會說，我輕率的說法「幸福是不可得的」是對的，愛只有在眞實生活以外才能存在，而它必然只會導致相愛者的毀滅。他會說，特里斯丹設了一個又一個的障礙，因爲他知道這故事：奧爾普斯故意回頭，因爲他根本不想救尤麗迪絲，他不是要愛她，而是要把他永遠的愛唱給她聽，直到死爲止。如果我問法蘭茨，他的「是」是什麼意思，他會這麼說。而這，我不想知道。

如果想到我同時代的人，他們恐怕會覺得好笑，一個人在這種年齡：已有成年兒女甚或孫兒女、膽固醇過高、有心肌梗塞危險的人，還在說，她剛補回了錯過的年少之愛。在四月一個傍晚，我腦袋的電極被倒置之前，也許我自己也會這樣覺得。對愛情就像對恐龍一樣，整個世界爲他們的死感興趣：特里斯丹和綺瑟、羅密歐和茱麗葉、安娜・卡列尼娜、彭忒雪麗雅，永遠都只是死，永遠只是對「不可能」的慾求。我就是無法相信，人會如此沒能力去愛，像他們所裝出來的那樣。他們讓自己被那些沒有年少之愛的可憐蟲說服，而這些可憐蟲在還不知道什麼時候會發生，就因爲極端害怕而把愛從他們的身體叫跑了。

＊

對那些說自己喜歡想起兒時的人，我從以前就一直不喜歡，雖然當初碰到他們時，多少覺得這樣對他們是不公平的。如果一個人有美好的童年，爲什麼不能喜歡去回憶？我自己並不喜歡回憶童年，更別說青少時期，所以大部分的時候我根本都不去回憶。但有時卻又無法阻止自己這麼做，然後就會突然坐在人行道的排水口旁，坐在漢西・佩茲克旁邊。那時是夏天，我們沒穿鞋，漢西嚼著口香糖，我求他把另一半分給我。漢西雖然不情願，但還是把那灰白的東西從嘴裡拿出來，用骯髒的拇指和食指把它從中間扯成兩半，再用舌頭接住可貴的口香糖絲。他分給我較小的一半，然後我繼續嚼著那骯髒、被漢西的口水泡軟的膠糖。漢西和我打算以後結婚。有次冬天，漢西讓我看他能在雪中尿出兔子的樣子。後來我讀到作爲女人的我應該會有「陰莖妒羨」時，就想起這件事。但我相信，我這輩子沒有「陰莖妒羨」這回事，即使漢西那時尿出那漂亮長長的兔耳朵時，我也沒有。漢西、那口香糖和那兔子是我比較快樂的回憶的一部分。我不太記得那是什麼時候，不過已經不再打仗，而我們還沒上小學，介於戰時和上學這段時間，是我童年最快樂的時候。後來，轉角那教堂被炸毀的門窗用磚塊砌起來後，我們再也無法進去玩那些死兔子，雖然後來我們知道那其實是被毒死的老鼠，但我也沒怎麼在乎。我們把它們包在破布裡，辦起家家酒，漢西是爸爸，我是媽媽，那些老鼠是小孩。那個夏季充滿塵埃，因爲倒塌建物揚起的石灰狀塵埃。如此多塵埃的夏天，我後來又經歷了一次，是在紐約，一個熾熱夏日的傍晚，我在南曼哈頓某處走出地鐵，立刻陷入暈眩、無法言說的似曾相識。腐臭的味道、散飛的紙片，看不出秩序的人和物，所有都匆促又同時慵懶，還有熱塵埃和隨後忽隱忽現的寧靜。我想那條街一定剛發生過戰鬥，一場剛幸運結束的戰鬥。而我發覺自己正處於某種熟知的情境中，如果他們也讓我一起玩的話。如同當初從防空洞出來一樣，我走出地鐵，進入那城市悶熱、渴望存活的混亂中，而那小孩——那曾經是，但又經常難以相信自己曾經是的那個小孩，又認出了那一刻。去紐約時，是在法蘭茨離開我沒再回來的那個秋日不久前，或許在那夏天我已知道，我會在我的住處回憶著法蘭茨度過我的餘生，而想在那之前看看紐約。

先是教堂的門窗砌上磚塊，然後那些去打仗的父親回來了。漢西的父親先回來，他腦裡有炮彈碎片，然後漢西說我不能再去找他了，因爲他父親需要靜養。

炮彈碎片屬於神祕的戰爭遺物之一，它們像活生生的小敵人藏在那些男人的身體裡，過著自己的生活，或者安安靜靜，或者製造疼痛，或最糟糕的是，它們突然開始遊蕩，如果它們開始這麼做，通常都蕩往心臟的方向，這是漢西或某個人說的。那時，整個世界談論著遊蕩的炮彈碎片。或許有數百萬的德國男人看起來健康無傷，但生活卻快樂不起來，因爲一個看不見的戰爭遺物在他們的身體或腦裡鑽洞。漢西的父親大部分時候心情都不好。

我父親也回來了，總之一個男人回來了，而我母親說他是我父親。我們兩人都沒相信她，他沒有我也沒有。我們不相信她的原因顯然不同，他的我不知道，但我就是無法相信他是我父親，因爲他沒有任何一點讓我喜歡。

這後來並沒改變，即使我不喜歡他的理由想來已改變並隨著歲月交疊在一起，以致我無法再肯定，是哪個理由喚起我可靠的感覺：我不是他的孩子。我已經不知道，是否一開始不喜歡的是他那無精打采又厭倦的聲音，即使少有對食物的讚美，聽起來也是如此。他的聲音搞壞每個句子。他說：「湯味道不錯。」但他的意思其實是：「總算湯的味道不錯了。」他也是這樣看來看去，眼睛似乎總是提防著一個惡劣、意想不到的驚奇，他大概寧可相信視覺的幻象而不願相信惱人的東西不存在。即使他不得不相信看到的只有愉悅的事，他的眼中也閃爍著那種確信，認為生命在很短時間內會馬上證明他是對的，而這愉悅也只是瞬間的；就是這副德性，即使並沒有炮彈碎片在他腦袋裡或身上其他地方。大部分的時候他坐在廚桌旁看報紙。喝湯或喝咖啡時，他總是發出很大聲音，好像是要向我和我母親證明，他有權利這樣咂咂地喝。我不記得有任何一次我母親跟他說過：「別喝得那麼大聲！」反而是他不准我們吃飯時講話，所以就只有聽到他喝得咂咂響。我直到今天都不相信他是我父親；寧可是一個騙子、騙婚者、舞男、走街磨剪刀的或遊樂場拳擊手當我父親，都好過他。

不過，也可能不是這樣，而這個粗魯的傢伙也有可能能讓我喜歡，如果他那時會有那麼點在乎我喜不喜歡他的話。但他並不在乎，而至少五十年或六十年來，我爲此感謝他，如果不是七十或八十年的話。如果我想像，他那時是個一般所謂的好父親，就像我大學一年級同班同學辛里希・施密特的父親一樣。二十歲那年，辛里希・施密特因爲一則新聞消息而讓自己被柏林—萊比錫火車線的快車軋過。如果我想像，經由我們共同的單車旅行、相互了解的談話，他得到不只是我對他身分的認同，也得到一般程度女兒的愛；而反過來說，我也得努力讓他喜歡我，也就是說，爲了在生命中回報他所付出的，我也會被要求這麼做，讓他能喜歡我；如果是這樣的話，這父親對我的生命而言，可能眞的會變成一個厄運。所以，還是讓他讓我失望吧！自從辛里希・施密特把自己的脖子放在「美麗田野」那一站附近的鐵軌上，讓自己的腦袋和軀體被下一輛火車分開，我就變得能夠感謝我父親，讓我不可能愛他。因爲我確信，辛里希・施密特臥軌自殺的事之所以必須發生，是因爲他愛他父親。辛里希・施密特的父親是國際解放運動所屬國家協會的重要會員，是警察或祕密警察或軍隊的頭子，總之掌管配有槍械的組織。雖然這樣，對他兒子來講，他當初一定是個慈愛的父親，或是他用精液給他兒子植入一些特性，讓這兒子能發展出對這種父親的愛。我不太記得辛里希・施密特，印象中他是個強壯冷漠的年輕人，如果不是他自殺的風波，我大概從不會對他感興趣。後來在他的屍體找到一則剪報，上面寫說，根據解放集團最內部圈子洩漏出來的消息，柯爾特・施密特將軍因爲要求派軍隊到大學打破那些在意識型態課上顯得不樂意學習的學生的腦袋，而遭到一位閣員同志的批評，但施密特將軍強烈反駁，說他並沒這麼講，而是建議把學生的骨頭打斷。

沒人知道辛里希・施密特是怎麼得到這則雖然用德語寫的，但出自外國報紙的報導。

沒人想到他會有如此極端的行爲。但我卻了解，在他知道情況並查證無誤後，再也活不下去了。我甚至了解他爲何用那種殘暴的方式殺死自己，而不是吞藥或用他父親的手槍射擊太陽穴或口腔。我了解，他得留給世界和他父親那種斷頭、被處決的殘酷景象。

正因爲他愛他父親，因爲他要和他父親一樣，當他一貫遵從他父親的感覺，他就必須消滅自己，如他父親所要求的，因此也是他自己得想要的。

即使我相信，我母親所宣稱的那個人是我父親，我也不會因爲他的任何話任何行爲而死，就算是最可惡的。我並不是說，身爲女兒的我不會覺得痛苦，但自從辛里希・施密特死後，我相信，雖然那可能讓人感到羞愧、可笑，我們得長成母親的樣子，但父親的影像卻對兒子構成一個無比的威脅。如此，他在兒時所忍受的那種恐懼，有一天自己作爲父親時必須散布，逼得他或是讓孩子內心沉默或是他得放棄生小孩。因爲即使他是個溫和有耐心的父親，他會帶有意志薄弱的缺點，而他的兒子一定會而且也想要成長爲一個跟他相反的人。

他們不應該回來。當初我和漢西・佩茲克用被毒死的老鼠玩家家酒時，他們應該讓我們和我們的母親自己過活，包括我和漢西還有所有其他的孩子。他們應該找個地方，一個遠離他們兒子的地方，療養他們受傷的身體和烙傷的戰爭心靈。像我曾讀過的，亞歷山大大帝把他傷殘的戰士從波斯的奴役救出後，他們拒絕回去希臘到他們妻子身邊。波斯人砍掉他們的手或腳，削掉他們的鼻子或耳朵。其中一位不幸者，出身慶米地區的奧克特蒙懇求其他戰士說：讓不再屬於那生活的我們，尋找一個能埋葬我們這些殘缺不全肢體的地方吧！大部分的戰士聽從了他的話，而留在異鄉。

我直到今天仍喜歡想像，我們的生命會怎麼不一樣，如果他們當時能有所認識，並了解到還能爲孩子做的只有一件事：不用再出現了。沒有他們的話，最大的問題是，生活上必需的知識沒被傳下，所以我們至少得容忍那些老人——那些祖父，從他們那邊學些手工藝，像砌牆、做桌子、鋪設管道。老的工程人員得訓練學生。或者我們搬到鄰國，學會必要的，再搬回來。而生命上的，我們會跟身體瘦削、懂得囤積倒賣的母親學習，而不是跟打了敗仗、身上有炮彈碎片的士兵學習。沒有他們，那我還可以去找漢西，我還能在吃飯時和母親說話，而不是忍受我父親那種暴君式的咂咂聲，而辛里希・施密特也能逃過一個將軍，也就是他父親奪命的判決。

特別是我們不用看到母親們令人難以理解的轉變。在我意識到一切都不一樣之前，我先注意到母親笑得不一樣，和以前不一樣也和我不一樣。以前她會自然地放聲大笑，甚至有時停不下來。有一天，她的笑聲突然聽起來像是惹人厭煩的花腔女高音，她的嘴巴也不能像小丑或小孩一樣盡情地張開，而是形成一個有節制的橢圓，讓嘴唇把牙齒蓋住一半。我這輩子一直瞧不起女性的這種笑法。但我那時最不能了解的是，爲什麼母親會老是說她對於最簡單的工作手不夠巧，雖然我確知並不是這樣。甚至我也學過，用錫箔或鐵線來修保險絲，而母親卻裝作從來不知道怎麼替換。如果房間突然停電一片漆黑，她會大聲驚叫，好像嚇得要死一樣，但其實我們曾過了好幾年燈火管制和停電的日子。有次我聽到她對一個女友人說：我們得幫助男人恢復自信。那時，我相信是我第一次對漢西說：我媽眞蠢；而他說：我媽也是。

我們的母親會變成怎樣呢？如果她們那時保留她們的笑、承認她們會修保險絲。但是她們幸福的夢來自戰後的和平時期，而她們的笑來自名影歌星瑪麗卡・樂珂或札菈・琳德；一個女人，一個眞正的女人，她們這麼唱，顯然也這麼相信。她們錯失了這個受詛咒世紀的最佳機會，她們有權力，可以扯斷鍊子，把兒子從父親分開，就這麼這一次，看看會怎樣，如果他們不在，他們的戰爭姿態和命令語言不被模仿的話，如果兒女由母親撫養長大，如果她們的理性、生命力，和她們的笑不用因爲男人的自尊而拱手讓出的話。

我就是無法想像，我們會如此甘願接受這些附著在女性生活上、而且似乎是與生帶來的可笑事情，這在爲夫妻生活和子孫的戰鬥中其實可以避免。但是，當我們的母親在接受這些存活的士兵，她們同時順從於戰後更困難的競爭條件——男女比例據說是一比二點五，當絲襪就像食物那麼少時，要展現美腿就得付出昂貴代價，就像得用吸引人的烹調藝術來征服男人。或許我母親只因這樣就不敢禁止我父親吃飯時發出咂咂聲，因爲一樓的戰爭寡婦玻珂哈忒常對我父親顯示出興趣，甚至曾送他一個親手做的碎糖蛋糕。

如果不是戰爭的話，那些男人也只不過是個像女人一樣的一般人。並不是因爲戰爭才加附給他們那些不怕死、武士忠誠……等特性，是因爲戰爭消滅男人，才使男人變得寶貴。如此，因爲他們最恐怖的行爲被女人所最喜愛，因此相信他們的戰爭特性是他們最好的地方。要不爲什麼漢西的父親、我的父親和其後的施密特將軍，當他們從上一個戰爭——所有戰爭裡最壞的一次回來時，筋疲力盡、身上沾染自己和別人的血污，還能認爲就是他們應該被召喚來教育他們的下一代。我還記得很清楚，在聽到母親說必須讓男人恢復自信的幾年後，我父親成了警察，她對同一個女友說：「他還是穿制服最好看。」我覺得他穿制服看起來更不像個可能是我父親的男人。

沒什麼道理可以懷疑我是母親生的，雖然那種「我所有不是來自我父親的，不管這人是誰，都一定來自我母親」的想法，讓我感到不舒服，有時甚至難堪，但我當然是愛她的，雖然不是很樂意。

眞正高興自己是他們父母的孩子的人，我認識的並不多，而且更少有人希望自己像父母一樣。相反地，幾乎所有我認識的人，對於成爲像他們父母一樣的這種自然威脅，都感到很害怕，並讓他們的生命像繞開遺傳特性的障礙滑雪一樣，最後命運式地實現生命。如果母親不是那麼不知恥的話，就不會把她那種毫無顧忌地露出豐滿肉體行爲，稱爲是羞恥的。但如果她想到，把她認爲是自然的，去覺得無恥的話，那或許我當初能有年少之愛，也或許沒有，但也或許的確會有。

我厭惡女性肉體，包括我自己的。幸好我沒遺傳母親那蒼白、有亂七八糟血管像大理石藍色紋理似的皮膚，和她紅色淡黃的頭髮，還有淫猥、粉彩的女人味和豐滿大腿間淡紅成簇的恥毛。但是，時間到來，我得忍受我那中性瘦削的身體開始實現母親遺傳的訊息：變成女性的，而如果不是像母親那種女性的，我想也比較不會或完全不會困擾我。我相信，母親的女性是令人不安的。

我身體所發展的明確目標令我討厭。我用又長又寬的男性毛衣罩住它，還拒絕給它食物以阻止它形塑出多肉的女人味。我強迫它，走動時只能雙腿移動，以免有天不小心，走每一步都會像我母親一樣晃動著後臀。如果我躺在一個男人旁邊時，我禁止我的身體做出我認爲女人（像我母親）所做而可能會讓那男人以爲是要討他喜歡的動作；即使我是想討他喜歡。

第一個躺在我旁邊的男人，比我大一歲，那時我十七歲。有天下課後我跟他回家，陽光照射著。他的房間狹窄，右方牆邊有張木床，床的正對面是個門上有鏡子的衣櫃。他說，十四歲時有個女老師引誘他，在波羅的海邊一處帳篷裡，那之後他至少跟十五或二十個女人睡過，但還沒睡過一個處女。我被弄痛，在鏡子裡我看到自己在襯裙的褶邊之間豎起的雙腿。最後我掉落在床和衣櫃之間，然後兩個人都笑了，好像是這樣，不過我也不太記得了。我相信，他叫「克勞斯」或「彼得」或「克勞斯．彼得」或者類似的。

另一個較早之前的日子我記得比較清楚：下課後，我們一起等地鐵，站裡幾乎沒什麼人，只有另一端有個人提著桶子灑水、掃月台。克勞斯．彼得穿著一件墨綠色、十字針織、有拉鍊的夾克，我們把這叫作「四方裝」，克勞斯．彼得的袖子非常寬，是我見過的四方裝裡頭最寬的。他的手臂在那超寬的袖子裡圍住我，然後吻我，從夾克冒起暖和的汗氣，混合著車子進站帶起的有霉味的風。

那是當初在法蘭茨之前唯一我還記得的吻，第一次的吻。然後是那最後的，和法蘭茨無止境的吻。

暑假時，克勞斯．彼得帶給我一隻他在羅馬尼亞發現或找到的烏龜，說是給我的禮物，但我想是他媽不准他養這烏龜。結果這隻烏龜冬天時死在我那裡：因爲我擔心牠死了，所以把牠叫醒，但卻沒餵牠。這已是我在克勞斯．彼得的樓梯間度過一晚之後很久以後的事。那晚我在他住處前的樓梯哭得睡著了，直到今天我都不知道，他那晚是否有回去，然後躡著腳從我旁邊走進他住處。早上有個年紀大的男人把我叫醒要我回家，因爲他要去工作，而我擋了他的路。他問我，難道我一點自尊都沒有嗎？我母親說，我沒必要這樣。「妳其實根本沒必要這樣做。」她說，因爲她自己從來不需這樣；或是她的確如此做過，而希望至少我不需要這樣？她說，特別是，我有雙比她漂亮的腿。然而，我總是什麼都需要。

「妳眞坐在樓梯那裡？坐了一整夜？」法蘭茨問。

是的，我說，然後法蘭茨瞧著我，好像也想問，難道我一點自尊都沒有？或是我現在是否還會做這種愚蠢的事？他大概是害怕我有天會坐在他家門前的樓梯轉角處，而門後面他正跟他太太吃著牛肉湯包，並沒想到我。經過這個門，法蘭茨消失，當他夜半一點開車回那屋子，對出身烏爾姆的法蘭茨來說，叫作：「我回家了。」而不是回那屋子。他回家到那裡，那裡他不用偷偷摸摸的。我當時，四十或五十年前，花了很多時間探查出法蘭茨和他太太一起在那門後做什麼。我相信我對他們的情況很清楚。當我知道法蘭茨和他太太要去看戲或讓人請吃飯的話，在六點二十或七點時，我相信是他們換衣服的時候，我會坐在沙發椅上，看他們夫妻準備同行出門。我看到法蘭茨從衣櫃裡拿出乾淨的襯衫，然後擦鞋、繫領帶……，他太太扣黑白絲質上衣的鈕釦、噴著法蘭茨送過我的同一種香水。他來找我時，我都沒用那香水，因爲我懷疑，法蘭茨送的可能是他太太喜歡用的香水，這樣他才不會帶有陌生的香水味，或者讓他晚上把手放在她腿中間時，不是完全單獨和她一起。我一直無法消除心裡這樣的懷疑。我看到法蘭茨在他太太穿大衣時幫她、她找不到放在廚桌上的房門鑰匙。法蘭茨手上拿著汽車鑰匙。我們得快點，他說，只稍微有點不耐。終於，門卡答一聲鎖上，我變成獨自一人。有時我也會躡手躡腳一直跟他們到車庫，看著那完美的舞蹈編排：她的腳步不著痕跡地在屋門前慢下來，讓他可以不顯倉促地為她開門，她經過後，他用指尖扶著後面的門，跟著她；那種輕鬆、練過一千次的同步性，然後總是門關上的聲響：屋門、車庫門、汽車的門。

事實上我直到今天都不了解，為何法蘭茨生活裡所有的東西都能依舊如前維持著，而我的卻像沒有抹上灰泥的土屋，被突來的風雨沖刷掉。就算我試著用防水布或空手堵住這裡堵住那裡，就算我真的這麼做，也救不了它。這跟時代的變化也有關，這只衝擊到我，而不是來自烏爾姆的法蘭茨。即使沒有法蘭茨的話，我先前的生活也不會變化得更少。在盜匪統治的那幾十年，我為自己建立一些生活原則和某種秩序，這些只有映現在那荒謬政權上才有其意義，所謂一個負數只有和另一個負數合作，才會得出正數，但這些原則在那個奇怪的時代結束後，變得不僅沒必要，而且只是阻礙和負擔。

就只說烏龜吧，爲什麼我們有這麼多烏龜？我想，是這麼開始的，我們的鄰居或親戚生了小孩，然後我的女兒就要求我爲她生個弟弟或妹妹，對這事我一點意願都沒有。我曾希望有個小孩，生了她，而我愛她。雖然我知道，一個小孩不能保證物種的傳承，而我對繁殖的反感是反自然或導致退化，但僅僅想到要讓更多的小孩在我身體裡成長，我就會有一種噁心的厭惡感，以致有一天我女兒很不高興地要我再懷第二胎時，我的上嘴唇長了一個大大的單純疱疹。

後來她終於放棄，說她可以不要一個小貝貝，如果她能得到一隻大剛毛狗的話。我想她並不知道大剛毛狗長什麼樣子，而只是喜歡那個詞。雖然我不用自己生大剛毛狗，但得養牠、遛牠、替牠梳毛、帶牠去看獸醫；我不要嬰孩，也不要大剛毛狗。當我女兒了解到，她也會輸掉大剛毛狗這場鬥爭時，有天她問都沒問，就帶回了兩隻小貓。她解釋說，在匈豪哲大道火車站前，那兩隻小貓要被公開淹死，如果觀眾當中沒人同情牠們的話。

不到一年，有七、八隻貓在我們窄小的住處裡跑來跑去。這些貓原本都會被淹死在一個黃色的塑膠桶裡，如果不是我女兒每次都出現在匈豪哲大道火車站前救了牠們。我那時就相信她是報復心多過愛心，因為當我害怕她會繼續有救援行動而提出拿大剛毛狗換那八隻貓時，她說：「除非拿小貝貝來換！」然後看都不看我一眼就離開房間。

有時候她會把自己和八隻小貓鎖在她房間裡頭，然後會聽到她們在裡頭輕聲細語講悄悄話，直到門打開，八隻小貓一隻一隻安靜地離開房間，到底她和那些貓在裡頭做些什麼，我一直搞不清楚。但貓兒們喜歡她，只要她一叫，牠們就會跟她進房間。所以也沒什麼理由好干涉她們奇特的聚會，雖然我有時也會覺得害怕，特別是後來越常發生，牠們好像受到命令衝出房間，然後在屋子裡追來跑去，跳上桌、床、架子，但卻從沒打破一只玻璃杯或一個花瓶。這樣的侵襲持續五或十分鐘，然後好像又根據一個祕密指示，貓兒們單獨或成雙回到牠們的角落，舔牠們的毛或睡覺。也許只是我的想像，她在這樣的晚上心理會特別平衡和愉快，但或許也不。我覺得過意不去，因為我不給她生小貝貝，她當然把她所遭受的不公平完全歸罪於我，即使我清楚知道，我先生也對再生第二個小孩的想法感到害怕，但畢竟只有我能生出小孩而不是他，所以罪過完全歸在我這邊，而我有責任忍受貓兒們的暴行和她臉上某種只屬於她和那些貓兒的笑容。

如此過了好幾年，直到有天，我那個已經患了慢性鼻黏膜炎很久的先生把一張醫生診斷證明攤在廚桌上，裡頭證實他患有畜毛敏感症，根據醫生看法，這症狀在短期內就會導致氣喘，之後甚至會引起死亡，如果病人繼續一直和毛多的牲畜接觸的話。女兒兩手各抱一隻貓，腿縮起來坐在椅子上，既沒看著她老爸也沒看著我。我先生說，他看不出有什麼其他辦法，除了他再找個地方以後自己住，這時女兒開始哭了起來。我常自問：如果是我這個她眼中的罪人提出這辦法的話，會有什麼結果？幾週之內，我們把所有貓都送給了朋友，取而代之的是八隻烏龜，這是她自己在沒毛動物裡頭所挑選的。

我們誰也不想要烏龜。牠們笨手笨腳不出聲地從房間這角落爬到那角落，當牠們的甲殼卡在牆壁和沙發腳中間時，會無意義地對著空氣嘶叫，以為有個看不見的敵人把牠們俘虜了。女兒固定拿新鮮綠葉餵牠們，有時她會設下障礙，不帶勁地看著牠們徒勞無功想爬越過去，但她從不去觸摸那些硬硬冷冷完全不像貓的動物。只有我先生或我不怎麼認爲牠們必然是家庭成員的一部分時，她會拿起牠們其中一隻，放在膝蓋上，用指尖輕柔地撫著牠的背。對我來說，住處有八隻活生生存在的烏龜，是個每天褻瀆神明的挑釁。當我每天仰頭招呼那隻被世界進展所消滅的美麗腕龍時，他那八隻可笑但存活下來的親戚在我的地毯上拖著牠們的糞便痕跡。我不知道爲什麼我們沒人敢結束牠們的暴行，把牠們丟進袋子裡，拿到最近的寵物店或公園裡，或者對我來說也無妨的垃圾堆裡。而我更不了解，爲何我們還把牠們留著，即使在女兒已經離開去了澳大利亞或加拿大之後，顯然是我們已經很習慣於對牠們的厭惡，以致無法想像生活中沒有牠們。如果有天早晨我們沒有咒罵牠們或被牠們絆到，我們或許會覺得很沉悶空虛。應該就是這樣吧，直到我遇到了法蘭茨。這之後沒多久，牠們就消失了，沒人知道跑哪去了，或許我忘了餵牠們，然後牠們就死了，或許我老公不聲不響地從我的生活隱退離去時，把牠們帶走了。但即使法蘭茨沒出現，我們一定也不會留住牠們，因爲我想終該去美國麻州南哈德利地方波利尼·穆迪的庭園看看那有名的鳥類足跡；而我先生則想去龐貝。

*

但事實上我從沒去成南哈德利，雖然出發但沒到達。法蘭茨在某晚離開我住處就再也沒回來的那秋天之前的夏天，我買了到紐約的機票，想在那裡轉機到麻州荷約克，然後再搭巴士或如果可以的話，搭火車到南哈德利。途中，或許在紐約，或者已經在飛機飛越大西洋時，在時間空隙裡，我意識到自己對那個在波利尼・穆迪庭園裡的鳥類足跡早已不感興趣了。在那奇怪時代的最後幾年，我對波利尼・穆迪庭園的嚮往超過世界任何其他地方，這顯然是因爲波利尼・穆迪這個名字，和它是個庭園——波利尼・穆迪的庭園，在這裡我在各個季節裡散步，有時把那鳥類足跡從雪中挖出，有時把它從沉重的常春藤蔓中解放出來。波利尼・穆迪的庭園是片雜草叢生、樂園似的土地，神祕的安靜，也亮也陰，有輕柔涼沁的風。有次，我驚奇地聽到自己用〈菩提樹〉這首歌來唱波利尼・穆迪的庭園：「在波利尼・穆迪的庭園，有棵菩提樹。」在土匪政權那時代，我們所有人夢想著遙遠的國度和風景，就像囚犯夢著他心愛的料理一樣。我一再問自己，美夢若能成眞，要去哪裡？我總會說：波利尼・穆迪的庭園。而且確信自己會坐上第一班搭得到的飛機飛往美國麻州南哈德利。

我沒這麼做，沒必要再急著去。那個我稱爲「波利尼・穆迪庭園」的地方，突然之間不再屬於我。它是每個人都到得了的地方，或許還是世界各地旅行社的一站，他們用帶有乾燥廁所的冷氣巴士，載著一群群半裸的遊客到南哈德利待個半小時，拍張早已用欄杆圍住的鳥類足跡的相片，喝可樂、吃香腸，直到遊覽車再把他們收回去，載到下一個瀑布或荒涼遺世的印第安村落。我害怕「波利尼・穆迪庭園」無法符合我的思戀，或者最糟糕的情況，完全推翻我的期待。但我還是常說，會克服困難盡快去南哈德利。但有時我缺錢，有時沒時間，有時又身體不舒適。然後，我遇到法蘭茨。

我問法蘭茨，是否也有個地方是他渴念的。

我不知道，法蘭茨說，或許，是有吧。他說，他夢想到螞蟻穴的內部旅遊一番。

對於一個膜翅目昆蟲研究者的法蘭茨來說，這是個可理解的願望，即使它也證明，「渴望」試過了所有的可能後，就延伸成為不可能。不過，我不認為我那時已經知道如此，而是從法蘭茨離開後，我才如此知道。

跟我的相反，法蘭茨研究的物種有無以數計活生生的樣本可以使用。他一生都可以去到他聽到的有趣的螞蟻族群那裡，配備專門的顯微鏡和攝影機，他可以看到數百、數千部族和世代的生成、毀滅，彷彿他是牠們的上帝。他降給牠們洪水和地震，冰河時期和酷熱災害，然後讓自己能為牠們根深柢固的生命意志而高興。他強迫牠們接受一隻外來的蟻后，以便激起一場革命。他將整個蟻族的後代奪走，為了要看看牠們是否也能存活下去。而所有的這些對他還不夠，他想要他所不能的：跟牠們一樣小，用牠們的複眼在黑暗的地道摸索前進；他仰視自己，那不可知的降災者；跟牠們一樣生活一天或兩天，他知道牠們的一切。但牠們最終的究竟，他還是無能探索：使牠們為所為的自然規律的力量。

*

那年，埃米勒死的那年，是自由之年；總之，後來在報上或公開談話中都普遍這麼稱呼，而在私下談話中慷慨激昂的人，也會說那是「自由之年」。但如果自由像是吹來的風，分開重和輕、鬆散和堅固、粗淺和扎根的，那這一年就是它的年。那時似乎是，沒有任何東西能依舊如前，新的錢幣、新的證件、新的單位、新的法律、新的警察制服、新的郵票，還有新的業主——但他們其實是舊的，只是在那四十或三十年間，他們的資產所有權被吊銷。街名和市名重新來過，紀念像分解拆除，新的軍事同盟加入。

但這對我來說並不夠。我希望一種強大激烈的，所有那些郵票、街名、制服通通流入裡頭，而後續的運行是在另一個面向裡；也許是一個激烈的氣候改變、一場洪水或者其他一種大災難，總之某種東西，比人類和他們多變的追求更大的東西。當然什麼也沒發生。當我早上出門要搭車去博物館，行人有同樣的皮膚，講一樣的語言，天氣就像人們在那季節所期待的，電車雖然不同號，但走的是同樣的路線；不過，至少這個後來有了改變，當整個城市的路面被挖開來裝設最先進的纜線和排水道，而我們這整個區因此和外界隔離了好幾天時——因爲有人忘記，預留一條對外通道。

我記得那時沒什麼人贊同我這種革命性的渴望。大部分的人焦慮地緊緊抓住所熟悉的，那些不隨著普遍變遷而改變的，那些不會一夜之間就這樣解散掉或改變名稱的。那些我相信除了日常一些必要說到的以外就不怎麼交談的夫婦，忽然手牽著手去觀看這個城市的新事物。他們彼此互視的目光不再是一年前那種鬱悶的嘲諷，而是感謝的誓言。遞出去的離婚申請，很多又被撤回。每個人緊緊抓住身旁認爲屬於自己的東西，包括那些丟棄很久不管的，畢竟誰也說不準，是否在新的情況下，那些東西的確是有用的。

我在求學時期就認識卡琳和克勞斯，他們是我所不曾是的：一對青少情人。如果有人問我，什麼是青少情人，我會說：就是卡琳和克勞斯。年少之愛並不是那麼簡單就是在青少年時期有的愛。它是無可比較的，因爲身處其中的人還沒經驗過什麼，可以拿自己的愛與之相比。它是爲自己本身而有的。這樣的愛還不用克服失望，不用超越先前愛情的快樂，沒什麼要否認的，沒什麼要修正的，沒什麼要替代的。在他們兩人課中休息時緊挨一起靠在校園的籬笆之前，我們其他人就已知道他們是天生一對。有時他們自己在那裡，有時也被許多崇拜他們的同學環繞著。他們已經有過那不可理解的、其他同學還要面臨到的變化，他們已像漂亮的蝴蝶在校園的塵霧裡跳著舞，當我們還在繭裡焦急地等著自己有天能展翅飛翔。看到卡琳和克勞斯的樣子，讓人不禁會去想像，他們三十或四十歲時會是什麼樣子，他們給孩子取什麼名字，他們怎麼布置自己的住處。

他們爲孩子取名以C開頭的「科內留斯」和「卡忒麗娜」。我想，對大多數人而言，字母C許諾某種獨特性。用C來寫發K的音，使名字變得高貴而賦予它一種考慮周到的世故。

總之，卡琳和克勞斯給他們的小孩取名科內留斯和卡忒麗娜，於我而言，這聽起來和這個表達出渴望的平凡句子沒什麼不同：我們的孩子應該有更好的未來，爲此父母親從山上搬到山谷，從鄉下搬到城市，從世界各地到美國。

我猜想，卡琳和克勞斯應該早就死了，或許他們的孩子也是。這對我來講無關緊要，因爲他們是死是活對我的生活來講沒什麼不同，我並不想碰到他們，即使他們還活著，就算碰到他們，光是我這雙壞眼睛，也讓我認不得他們。但即使視力好的人也一定無法在他們身上發現，當初他們在我們學校那四年所象徵的。那時卡琳和克勞斯是亞當與夏娃、羅密歐與茱麗葉、費迪南和露意絲、費雷蒙和苞西絲，生死不渝的一對情人。

我對他們的讚賞是帶著猜疑甚至嫉妒，要不卡琳從貼心準備好的野餐籃裡拿出裝有美乃滋沙拉的玻璃罐，放在鋪在草地上的廚巾上時，我也不會產生一種傲然的寬慰感。那是我們最後一次的學校遠足，搭船從翠普托到科尼西·烏斯特豪森附近，我已不記得那段航程，除了那吊籃形狀、用方格形布巾在兩邊把手打結蓋住的籃子。那時給我的感覺是，克勞斯默默不甘願地從搭船處提著那籃子一直到野餐處的草地。卡琳和克勞斯坐在一旁，沒和大家一起，但也沒離太遠，所以我能觀察到卡琳非常細心地把廚巾鋪在草地上好像鋪家裡餐桌準備吃午飯一樣：刀叉、玻璃杯、檸檬茶、煮蛋、撒鹽罐、炸肉丸、一小罐蘋果泥，還有那一大罐美乃滋沙拉。兩人相對而坐嚼著食物，或許那場景不像看起來的那麼認真。卡琳和克勞斯在玩家家酒，就像我們大家在十年前玩過的一樣。這天下午，我對他們感到失望。我展望他們的未來而了解，他們不是生死不渝的情人，而是一輩子的夫妻。

兩人都做了工程師，土木工程師或機械工程師，我記不得了或者沒有知道過。後來他們蓋了一棟房子，長長的平房，只要存夠了錢或生了小孩，就會延長加蓋。卡忒麗娜出生後，院子縮小成一條介於屋子後牆和鐵籬笆之間的窄長草地。車庫填補了邊牆和鄰居水蠟樹圍籬之間的空隙。

我星期天散步到「美樹林野地」時，有時會拐個彎經過他們住的那條街。克勞斯大部分時候不見其人，只聽到他製造出來的聲響：榔頭聲、圓鋸聲……。而卡琳則穿著比基尼和深藍色橡膠長統靴，止把院子的殘枝落葉裝進手推車或推到堆肥的地方。後來她不再穿比基尼，改穿連身泳衣；最後那幾年，則加上一件克勞斯不穿的襯衫。

「我們就這樣一切順利，」卡琳有時說：「小孩、房子，克勞斯現在是部門主管。」而她自己現在一天只工作六小時，雖然她眞的眞的很喜歡她的工作，但總得有人處理家事，而晚上他們想要有自己悠閒的時間。爲了謹愼起見，她敲敲自己腦袋讓她的幸福和炫耀調和一致。而她從不會錯過導覽一番她養的那些肥厚、開花的仙人掌，她說她在園藝方面的靈巧是遺傳自她母親。

直到今天，我的耳朵仍迴響著卡琳接電話時的那種報上姓名的歡呼聲，一天裡三、四、五次情緒高昂的「呂德里茨」，好像這四個音節是勝利的、無法對這世界隱瞞的一句話的結論，這句話只能是這樣：「這裡是幸福快樂的呂德里茨太太。」

每年，他們的婚姻持續下去，但每個破裂的鄰居婚姻都磨損著卡琳開始時高昂的音調。最初那幾年眞正幸福所發出的勝利訊號，隨著時間過去混入一種刺激人的滿足聲調，直到有一天，那聲調顯示的整個訊息變成是在駁斥她的幸福已不存在。那是那個奇怪的時代快結束時，我打電話問卡琳，知不知道我可以從哪裡弄到一個新浴缸。「呂德里茨」——像是破碎玻璃的聲音，完全沒有未來的指望，完全沒有音調。近三十年來，她以「呂德里茨」這名字作爲幸福的吶喊口號，而現在卻變成她不幸福的宣告：「這裡是不幸福快樂的呂德里茨太太。」我並不感到同情。如果是她小孩遭遇了什麼或她生了重病，我會同情。但是關於克勞斯愛上另一個女人，當然是一個比較年輕的，即使並沒年輕很多，對此我並不同情。卡琳似乎無法接受，克勞斯想要離婚，然後要跟新人去旅行，我冷淡地聽著，不，更甚於此，我冷酷無情。我樂於見到她的痛苦和受傷，甚至她不幸的庸俗平凡讓我覺得是應該的。同時，我第一次，在她那畸形的完美無缺被剝奪後，視她爲和我一樣的人。她瘦得像個小孩的形體，稍遠看去，有時像似那校園中戀愛的女孩，即使眼神中有著因爲痛苦的紛亂，而這完全突如其來的痛苦，讓她無法了解是怎麼回事。

她說，如果他死了，她會覺得舒服些，而她就是未曾習慣被人離棄，除了克勞斯，她沒和其他男人好過。還說，這種情況對我來講無疑較容易面對，她還清楚記得我跟克勞斯·彼得的事，還有後來和其他男人的經歷，對於這種打擊，我是訓練有素，而她自己就是不適合這種不幸。

後來，法蘭茨跟我說，他不能離開他太太，因爲對於一個不幸，她只有太少的訓練，我聽了之後得了叫喚痙攣。

對卡琳我是這麼說：「等著瞧吧！」然後詛咒了她一番。

那個奇怪時代結束的半年後，也就是我碰到法蘭茨幾個星期後，我又看到克勞斯和卡琳，兩人手牽手在選帝侯大道的科內澤貝克街口，看著「威仁哈溫」的櫥窗。雖然好奇，但又擔心如果和他們打招呼的話，自己會尷尬，遲疑了幾秒鐘，聽到卡琳說：「不過，Yamaha的比較好看。」然後我從他們旁邊走過。兩人又像當初在校園裡站在一起一樣，而且就算克勞斯回到她身邊是因為他那年輕女友被新時代帶到遠方的海邊去了，他也不會告訴卡琳，當然更不會告訴我。他們或許會說，解放匪幫的結束就是一種賜福，因為這把他們又帶到兩人所屬的地方，他們的家，他們一塊石頭一塊石頭搭建起來的地方，還有那院子，他們想一起葬在那裡的地方，如果這不被禁止的話。畢竟我有時也相信，柏林圍牆的拆除是爲了讓法蘭茨能在那天早上在腕龍骨骼下遇到我。

我相信，卡琳和克勞斯直到最終過得不錯。這個新的、不奇怪的、熱中於穩定性的時代同意他們這麼做。我沒再打電話給他們，所以不知道卡琳的「呂德里茨」此後傳達的是什麼訊息。她有個嘹亮的聲音，或許聽起來會像軍號。

大家把這個意料之外的時代變遷了解成他們祕密等待著的訊號：是否死了心聽天由命，或接受這個可創造第二生命的機會，即使代價是災難性的失敗。這主要繫於自己的性格和他們祕密渴念的情況，是否那些渴念變乾枯荒蕪而處於昏沉的狀態，或者它們被餵養得很好而生命蓬勃地等待著解放。

而我，遇到法蘭茨。

*

法蘭茨和我坐在食肉植物之間。他彈撥著吉他的弦，那把他自己帶來或是我女兒當初搬出去時忘了帶走的吉他。

一切都那麼久了，法蘭茨說。

是的，我說，一切都那麼久了。

我們相遇時還沒老，至少我不覺得法蘭茨老，他也不覺得我如此。然而我們同樣也不年輕，但這有個好處，我們有很多事可以說。

叫作什麼？那時戰後用來做鞋子的？法蘭茨問。

「依格利特。」PVC。

依格利特，對，叫作依格利特，法蘭茨說。

然後我也再說：依格利特，依格利特。還有，你有沒有吃過馬鈴薯乾？

當然，法蘭茨說，不過我比較喜歡紅的，那比白的甜。

不，法蘭茨說的不是「當然」，他說的是「自然」。我說「當然」時，法蘭茨用的是「自然」，因爲我是柏林人，而法蘭茨來自烏爾姆。所以法蘭茨在戰後從佔領軍拿到巧克力和口香糖，而我沒有，因爲法蘭茨他們的佔領軍是美國兵，而我們的是俄國兵，他們自己什麼也沒有。

然後我問法蘭茨那個會讓人禁不住誇張開懷大笑的問題，如果回答的人說「有」的話，而大部分的人都會這麼回答。那是關於「緊身內衣」的問題，一說到這個詞，就得描述每個細節：這種像內衣，從前頭或後頭扣上，有長長吊襪帶的衣服。當時不管男孩女孩都不得不穿，但對男孩來講，特別感到羞辱。我還記得很清楚，漢西的大腿肉繃緊在短褲褲管和深灰色、波紋狀、有白色吊襪帶釦子在側邊的棉長統襪之間。後來漢西可以穿長褲，而我得到一件幼稚、讓人難堪的緞子女裝，一件所謂的吊襪束腰或束腹帶，而讓人搞不清楚的是，這吊襪束腰除了吊住襪子以外，也用來撐住屁股，或是屁股撐住它？當我看著自己那被粉紅橡膠吊襪帶弄得像妓女的大腿時，不禁常會想到漢西純潔的男童大腿，和讓人痛恨的緊身內衣，這時我那拖拖拉拉長成拱形的胸部已不允許我再穿它。取而代之，母親送我一件同樣是緞質的粉紅胸罩，雖然小得可笑，但我的乳房要塡滿它還差得遠，但母親堅持我得戴上。就這樣，我想，我開始女人的生命了。

法蘭茨承認，他至少也有一整個冬天得穿緊身內衣。但他那個很崇拜男性品德的母親——法蘭茨相信她一直到年老時都以生爲女人爲憾——只在不得已的那段時間讓他受到這種羞辱。

她想必也給兩個女兒穿上粉紅或白色的吊襪束腰或胸罩，好像給馬戴上馬勒一樣。法蘭茨可以上大學，他的兩個姊姊安娜瑪麗和愛麗卡唸商職，還參加烏爾姆最有名氣的舞蹈課程，比較年小的安娜瑪麗在那裡認識了一個高中快畢業的學生，家境還算不錯，一年半後，兩人訂了婚，再過四年，便結婚了。愛麗卡也被送到騎術學校上課，經過了沒有成果的半年後，她母親決定也得籌點錢讓她去網球俱樂部，但這筆花費後來顯示並沒必要，因爲過沒多久，在騎術俱樂部還是找到了一個合適的人選，一個年紀比她大十五歲的土木工程師，這位先生克服了他剛開始時因爲年齡差異所產生的顧慮，而在經過三個月的進一步交往後，就向愛麗卡求婚了。

是啊，那是五〇年代，法蘭茨說，但她們的婚姻維持著。

到底什麼時候開始有褲襪？我問。

法蘭茨撥著吉他的弦，盯著他瘦削的雙腳，蒼白修長地放在黑色床單上。

「牆上掛著馬勒」，法蘭茨唱著。

褲襪，我不知道，海忒倫那時還沒穿。「妳問我，爲什麼我哀傷……」法蘭茨唱得很好聽，而我只敢很小聲，幾乎聽不到地跟著唱。

我沒問海忒倫是誰，但我猜想，她是法蘭茨的青少情人，在那張他給我看過的相片上的那個黑髮女孩，如果不是她，就是另一個他還記得很清楚的女孩，清楚到眼前能看到她大腿上的吊襪帶，就像我看到漢西・佩茲克的一樣。

法蘭茨會唱很多歌，有些我也會，譬如那首野天鵝的歌，說牠們遷移到別處後，從此就沒再出現了。還有那首一個女孩呼喚她愛人的歌：「我的愛，你死了嗎？」因爲她夢到的那個花園是個墓園，而花壇是座墳墓。這些歌是我在學校學的，法蘭茨對此很驚訝，因爲他很難想像，一個不一樣、更老的時代會繼續存活在我們那個奇怪的時代裡。

我想，在法蘭茨的阿爾卑斯登山協會營火旁所進行的活動和我們營火旁所發生的事應該差不多吧，只是唱的歌不同罷了。我們唱：「西班牙的天空星辰漫布在我們的戰壕上」和〈卡秋莎〉，而法蘭茨和他協會的朋友則把他們的多聲部合唱獻給了〈齊勒爾山谷〉、〈小白花〉：「齊勒爾山谷，你是我的喜悅」，還有「山丘牧場上最漂亮的花，就是薄雪草的小白花。」

但「現在我們航過這湖泊，航過這湖泊」、「蘿倫霞，我親愛的蘿倫霞」、〈塔嶗的安嫻〉和〈眞正的友誼〉，這些都是我們共有的歌，我以前就一直這麼覺得，這點我想的和法蘭茨不一樣。

只有聖歌妳不會，法蘭茨說。

法蘭茨特別的地方是，他不會讓我想到任何其他人。我之前沒遇見過可和他相比的人，而如果我信任法蘭茨甚過那些我認識很久很清楚的人，那只能表示，在我碰到法蘭茨之前，我腦裡一定已經有他的圖像，不是來自烏爾姆的膜翅目昆蟲研究者的法蘭茨，而是那個有一天將顯示爲、必須顯示爲我最熱烈渴望的最終意義的人，要不然這整個流浪的希望將只是大自然一個惡劣的欺騙，一個讓人走向渴死的樂園似的海市蜃樓。

我承認自己不會唱聖歌，所以提議用俄語唱首歌頌史達林的歌給他聽；法蘭茨笑了，要嘛因爲他不相信我能用俄語唱史達林歌曲，要嘛因爲他覺得很好笑我竟然會唱。我起身跪好，勒緊睡袍，激昂地唱著，就像當初十一、二歲時在學校學這首歌時那樣：

噢！賢明的史達林
我們的至親和受愛戴的
所有的人民
以優美的歌讚頌你

我想，唱這首歌給法蘭茨聽是個錯誤，至少像我那樣唱是個錯誤：雙重恐怖，不僅敗壞信仰，而且是無恥出賣。我唱的時候就感覺到，雖然法蘭茨裝成愉快的樣子，但卻隱約散發出一種感覺，說是輕蔑太嚴重，說是訝異則太輕微。

也許他預期我對自己被導入歧途的信仰應該會有更多的羞恥，如果不以爲恥的話，那就不應該那樣嘲弄自己。也許法蘭茨認爲，如果一個人能如此放棄他的信仰，即使是錯誤的信仰，那大概什麼都能放棄，就像我母親所說的那種人一樣，認爲沒什麼是神聖的。法蘭茨也不信仰他歌中的上帝，但他既不嘲弄祂，也不嘲弄自己。法蘭茨就剛好有那種幸運，被教了正確的歌曲。或許今天，三十或四十年後，沒有一個小孩會唱史達林歌曲，包括俄國小孩，但他們卻會一直一直學聖歌。有一次，在夜晚的暗黑中，法蘭茨的身影難以辨識，只有他的聲音輕輕唱出：「如此牽著我的手，引導我，一直到我死，永遠地。」讓我覺得，他是爲我而唱的。

唱史達林歌的那晚，我很快又忘記我認爲從他那灰小的眼睛中察覺到了什麼而剛萌芽產生的懷疑。直到後來，法蘭茨消失後，我重憶他的每句話、每個眼神、每個手勢，從而想找出第一個背叛的訊號，我才又想起自己那時些微的不安。但直到今天，我仍不知道，是否這種不安完全出自我自己，或許我認爲，法蘭茨一定會懷疑我，因爲我自己不確定，是否我肆意的自嘲，不只是一個正直的嘗試，來掩蓋我無辜的重大錯誤遺留在我心靈裡的空虛。

如此多的歲月逝去，要維持最初的記憶越來越困難。我有時擔心，根本無法再記得。記憶就像珍珠裡層的異物一樣，起先只是一個討厭的東西入侵到蚌肉裡頭，蚌用上皮把它包住，隨後一層又一層珠層長在它四周，直到形成一個表面光滑圓亮的物體，這其實是一種病體，但卻被人類升格為珍貴的物品。我確知的只有，法蘭茨那晚在我那邊，我跪在床上唱史達林的歌給他聽，然後不知多久之後，在一個無雨的秋夜，他離開我住處後就再也沒回來了。也許是真的，這兩件事之間有某種關聯，但這也可能只是我不斷為我的回憶尋找意義的結果。

那晚，我請法蘭茨再唱一次關於獵人耶訥麥的歌謠給我聽，所有法蘭茨會唱的歌裡頭，我最喜歡這首，我想他也是。曲中所述的謀殺，是如此悲慘，就像它的韻律很好玩一樣。法蘭茨以一種男性氣概、沉浸在憤慨中的歌聲唱著，也許就像它的創作者當初唱的那樣，當他們把被謀殺的約瑟夫或是阿洛斯·耶訥麥搬到他的墓穴時。想必是因為歌詞寫得豪爽不拘，我直到今天都還記得：

他是個壯年的射獵手
從這個世界被射殺掉
第九天才被找到
在派森山的希里爾湖旁
血流在堅硬的岩石上
被發現時是趴著的
從後面被開槍射倒
他的下巴碎裂
呸，你的射擊，你這孬種獵人
你的射擊不會得到獎章

雖然法蘭茨一點也不會讓我聯想到十九世紀巴伐利亞山區的農民，但我感到他和那首歌有一種不明確的聯結。法蘭茨似乎喜歡他唱那首歌時所擬想散發出的古樸男風，而我也喜歡。

法蘭茨和我把我們自己看成一種奇蹟，或許所有的情人都視自己爲奇蹟，而我們也如此。當然，我們會唱相同和不同的歌，這並不是奇蹟，即使我們夜晚的歌唱是種很奇特的方式述說自己的生命故事。眞正的奇蹟是我們的身體，自從法蘭茨第一次用指背撫摸我的臉頰，它們似乎知道得比我們還多。雖然我自己也說不清，沒有身體的話，我們到底還是誰？但就我們的情況看來，說它們是獨斷獨行的行爲者，卻一點也沒錯。它們彼此渴慕，好像這一生都被強迫分離得遠遠的。當它們又能交纏在一起時，一種耗盡力氣得來的極樂幸福侵襲而至，好像它們終於終於達到目標，好像它們的天命是發現彼此，好像它們一直知道，錯過這個命運，它們自己會有危險。到了我們這種年紀，我們也不好說，身體是盲目貪婪地遵從大自然延續物種的命令。較可能的是對終了的思考，和恐怕機會錯失的不再有，促成了在我們裡頭的「青春」毫無顧忌地支配著。是我們未被開發的「年輕」相愛著。「年老」創造不同的感情對抗「無望」，雖然它們和我對法蘭茨的激情完全無關，但人們仍把它們稱爲「愛」：對動物的愛、對小孩的愛、對自然的愛，還有對工作、對上帝的愛，以及一般對人類、音樂、藝術的愛……。

一個有學養的人愛那無法被剝奪的。他買隻狗，愛牠；狗死了之後，他再買一隻新的，再愛牠。至於我，我把這事弄得容易些：我愛那永恆的腕龍，在我碰到法蘭茨之前。

*

我和法蘭茨沒躺在食肉植物之間，而是對坐在窗前的小桌邊，在我們之間是我爲他在美食店買的一些「靜物」：火腿肉、豬肝醬、甜瓜、葡萄、乳酪。我從不爲法蘭茨煮飯，因爲我覺得爲情人煮飯是傷風敗俗。爲什麼我不認爲替情人買食物、準備好吃飯是傷風敗俗，我不知道，但我覺得它們很明顯不一樣。法蘭茨是某個委員會的一員，這委員會將決定我們博物館的存廢，他說我們這些館員，可預期的，並不用擔心以後的工作，因爲我們顯然只是會被分配到另一個單位。現在想起來，變得好像我當時對我們博物館、那隻腕龍和我自己所面臨的危機，完全沒什麼感覺。只有和法蘭茨說的話，這句話和記憶中他對我做了些說明，還留在我腦海裡。彷彿我的記憶是年代久遠的岩石，只能在上頭這裡那裡找到一個印跡，就像在波利尼・穆迪庭園裡那奇特的鳥類足跡一樣。

法蘭茨說乳酪很好吃，我沒跟他說我買的總是那三種，因爲只有那三種的名稱我在這期間學會了。

現在我們不只會唱同樣的歌，也知道同樣的乳酪，我說。而法蘭茨則說，他是在簡樸的生活中長大的，當初也得自己賺錢唸大學，他這一生曾做過賣冰淇淋的、搬家具的、排水道工人、鍋爐工人、送電報的。別人去度假或買第一輛汽車時，他得辛苦上夜班。他斬釘截鐵的說，即使後來他也沒過奢華的生活。法蘭茨沉湎在他年輕時的貧窮，如同其他人陶醉在昔日的富裕，直到我坦承，自己吃的時候不會買這麼貴的乳酪，只因爲以爲他平常也這麼吃，所以不想招待他吃得比平常差。這麼說的突然之間，我終究還是跟著法蘭茨穿過他家的大門，在那門後他經常從我的思想中消失；我想像著他們夫妻的相處，他跟他太太坐在廚桌邊，面前一盤肉湯，裡頭漂浮著兩、三個湯包。

剩下的我應該想得簡樸：沒有葡萄酒、沒有法國特質乳酪、沒有季節外特產的葡萄，而是一塊買自麥爾、凱澤、博樂等超市乳酪櫃的高達乳酪，還有蘋果。這些讓我轉而對他家裡的布置感興趣，因爲他不錯的收入總會用到某個地方，如果不是生活方面的感官享受，那一定是用在能持久的東西上，像卡琳．呂德里茨買的畢德麥爾家具和精心蒐集的洋蔥圖案餐具；那些能留給後代，隨著時間過去就能增值的東西。當然，還有用在房子上，這裡不僅是他的住處，也是他的家，只要他一離開我那裡，就會回來的地方。

我看著法蘭茨把葡萄放進嘴裡，有規律的時間間隔，一顆接一顆。一個不明確的猜疑在我心中擴大，像剛開始漫開的頭痛。不，我不想知道法蘭茨不和我在一起時是怎麼生活的，我不想知道他的餐桌是圓的還是方的，擺桌上的是貴的還是便宜的乳酪，掛在牆上的是現代還是舊時代的畫，床上鋪的是白色還是豔色的床單，或者他太太是金髮還是黑髮；她是金髮，這我其實早已知道。不，這些我都不想知道。

你知道我曾騎過聖伯納犬嗎？我問他。一個無意義的問題，因為我很清楚，法蘭茨不會知道我是否曾騎過聖伯納犬，畢竟我沒跟他說過，但最主要的是，我自己對這件事也不完全確定。那隻聖伯納犬是教堂廣場那家小酒館的，那時教堂的窗戶還沒用磚塊砌住，也就是說，我們的父親——我和漢西的父親，都還沒從戰場回來。我那時還不到一一五或一二〇公分，而戰後的營養不良也讓我輕得可以，所以一隻長大的聖伯納犬對我來講是隻強壯的騎物。

我後來見過的聖伯納犬都沒這隻大，這其實是因爲當時那麼小的我，沒見過其他聖伯納犬。天氣好的時候，牠從中午小酒館開始營業起就躺在屋前，大部分的時候趴著，一隻肥胖的前腳墊在嘴巴下，頭不擺動，眼睛注視所有移動的東西，那下垂的下眼瞼我起先以爲是一種病。雖然牠高大有力，但我並不怕牠。小酒館這房子，是廣場唯一沒被炸毀的建物，牠躺在廢墟中，如同仁慈變得有肉有皮毛。

有時牠站起來，伸展身體打呵欠，抖一抖，嘴唇流出口水，四肢重新排列，繼續躺在石頭路面上。

牠站起來時，頭可以抵到我的脖子，或許甚至超過我的下巴。除了洋娃娃以外，我最渴望的就是騎牠繞廣場一圈。我常蹲在牠旁邊半個鐘頭或更久，摸摸牠的腳，用指尖碰碰牠額頭隆起的皮毛，並希望某個酒館客人會因爲酒醉的輕率而突發其想，把我放在狗背上，讓牠載我在廣場跑一圈。有一天，剛好就這麼發生了，我突然坐在這隻聖伯納犬背上，抓住牠的耳朵，覺得不可思議的柔滑，像韁繩在我手中，然後牠開始跑，載著我，緩緩地在廣場跑了一圈、兩圈，甚至三圈。

因爲我母親怕狗，我擔心她會因此禁止我再做這種驚險活動，所以很久之後才把這事告訴她。是什麼時候我也不知道，只知道那時我已長大，我跟她坦白說，騎過小酒館那隻聖伯納犬。她並不相信，認爲那只是我的幻想或頂多是我夢到的，她說那時一定有人會跟她說的，只要我又做了什麼事，某個時候總會傳到她耳朵，她這麼講著，笑了笑，然後裝成好像正好想起某件事，就這樣改變了話題。

我跟法蘭茨說，我現在不太確定自己是否眞的騎了那隻聖伯納犬，也許只是我內心極度的渴望產生了堅定的想像，讓我相信自己曾騎過那隻狗。然而，我的手掌還清楚記得牠的耳朵，還能感覺牠的毛弄癢我的大腿、牠載著我的寬背笨拙地搖動著，我跨坐在上面雙腳朝兩邊撐得直直的，然後尋找著漢西·佩茲克在廣場的哪個角落，以便他能看到我。

啊，是的，法蘭茨說，啊，是的，回憶的方式可說是一種人格問題，就像夢一樣。有人作惡夢，有人只夢到樂園。我根本就不作夢，但就像我們在報紙上讀得到的研究，我當然是作夢的，只是把它壓抑住了以爲不作夢；而相反的，妳卻是甚至把夢當成事實。

也許那是事實，我說。

也許是，法蘭茨說，並把最後一顆葡萄從桌子的一角滾到另一角，也或許不是。我比較傾向這樣，如果「事實」讓我覺得太美，我會認爲是夢。快樂是很短暫的，書上這麼說，而我們這年紀的人也能從經驗中得知。是夢的短暫讓我們失望，還是眞實生命的短暫讓我們失望，這是不同的。反之，如果我對自己說這是一場夢，那這就是一場夢，我了解它的盡頭，然後也能無條件地順從那一刻。

我看著那顆葡萄在法蘭茨的手指尖之間彎彎曲曲地來來回回，並試著想找出，是否法蘭茨把我們，它和我，看成爲一場夢，而無可避免地遲早會從夢中醒來，或者是否他能忍受我們是眞實的，這於他而言意味：不是太好得令人難以置信。

我考慮是否要告訴法蘭茨關於鞋子的故事，一個其實無關緊要的故事，如果不是因爲它是我個性缺點的譬喻而留在我記憶中的話。偶然的機會，我買到一雙義大利製的灰白、軟皮、小高跟、夏天穿的鞋子。我展示給一個女友看，不知她是眞的這麼認爲，還是覺得我會沒品味到爲這麼普通的鞋子高興，反正她堅稱，那雙鞋子明顯是便宜貨，鞋跟很快就會斷掉。我的愉悅被潑了一盆冷水，只有反證她的不對才能夠挽回。我在家裡拿其中一隻鞋子，把鞋跟一直朝外扭彎，直到鞋跟斷了爲止。就算我一整個禮拜都穿著，只用腳尖或只用腳跟走——反正我也沒能這樣做，鞋子也不會遭到同樣份量的測試，就算我的腳岔開、轉動，甚至用力扭轉也不會。如果不是我自願提前讓鞋子遭遇到它被預告的結局，那我或許可以穿那鞋子一整個夏天，或穿到下一個或下卜一個夏天。

法蘭茨給那葡萄最後一推，然後在它滾落桌子前用另一隻手接住它。

我得出門一趟，他說。

跟誰？

沒有回答，而是頭部不明確地動了一下，這或許是指向市區西邊某處，或許是撫慰或防衛：怎麼會問這問題，妳又不是不知道。

什麼時候，我問。

後天，法蘭茨說，然後終於把那顆葡萄放進嘴裡。我清楚感覺到，我裡頭有個火山準備要爆發。隨著每個心跳，有某種熱的東西湧上喉嚨，一公分一公分地。如果我現在張口，會湧出熔岩。這是我記得的最後一個清晰的念頭。如果重複那晚對法蘭茨說的，我只能描述成一個唯一的聲音，一個可怕的、像從地心隆隆而出，所有在沙漠和森林的動物齊聲發出似火紅烈焰的聲音。或許我講出的會是一個句子，有主詞、述語、受詞、主句、字句，它們會有某種內容：憤怒的、懇求的、威脅的，全都凝結成這麼一個聲音，而我不知道有哪個單獨的個人能容納這聲音。

一整個春天我等著這個告知，起先只是想讓自己的旅行計畫配合他的，因爲我絕不願意有哪天不在柏林，如果這天能見到他或只是跟他說說話。

每過一個星期，他沒對可能的遠行有任何明示或暗示，就讓我越來越抱有這種希望：他找到某種藉口不和他太太一起出去了；特別是我很清楚，就算我已經不是自己一個人，我很難想像我會和我丈夫一起出去旅行。一百、一千或三千次，自從那之後我思考了又思考，爲何法蘭茨的告知，他得遠行，而且就是後天，會讓我如此無準備地被打擊到。我得到這種結論：我在那時就已經完全遵從一種邏輯，一種任何其他人，還有我自己，無法理解的邏輯。甚至可能把法蘭茨的沉默按照自己的願望加以誤解，而希望我們，法蘭茨和我，會一起去旅行，到麻州南哈德利，去波利尼・穆迪的庭園，或是去格蘭河找一種巨山蟻的巢，法蘭茨說，能在高地的樹木殘幹或在河水氾濫區的高樹頂端找到。或者我們會先去格蘭河，再到南哈德利。總之，我相信，我大概已經喜不自禁地期待著我們共同的旅行，直到法蘭茨對我說，他後天得出門遠行，然後好像表示沒什麼還要說似的，把最後一顆葡萄丟進嘴裡。

只有我把法蘭茨的沉默了解成相反的意思，也就是了解成是對我的無言承諾，而不是對他太太說出口的承諾，才能解釋爲什麼我那晚會如此抓狂，而這一直持續到他回來。

*

在一個星期六早上，法蘭茨搭機到蘇格蘭。他說，為了去看哈德良長城。這讓我不禁想到我先生和埃米勒還有他們對馬其諾防線的熱情，雖然法蘭茨說，並不是他，而是他那愛好學習的太太選的旅遊地點，在她讀了一本關於哈德良皇帝的歷史小說之後。我之前從沒聽過什麼哈德良長城，要不是法蘭茨和他老婆去那裡的話，我老死也不會對它有興趣，就像對馬其諾防線一樣。現在我不僅知道他太太是金頭髮，還知道她讀歷史小說，雖然這事我根本不想知道，要不是法蘭茨和他老婆為了那一百二十公里長的古羅馬界牆而到英國朝聖的話。

前一天的星期五我打電話到機場詢問法蘭茨可能搭的班機，早上飛往愛丁堡的只有一班，十點從特格爾機場。我不曉得是不是這時已決定自己到機場，去看法蘭茨和他太太怎麼從計程車或巴士下車，大概是從巴士，怎麼把行李拖過自動門、辦理登機手續，然後一一通過海關。比較可能的是，我想以某種方式，即便是最痛苦的方式，參與這趟旅行。我想知道，法蘭茨得幾點起床，什麼時候刮鬍子、吃早飯、打電話叫計程車。我得跟上他早上要出發時的那些小過程。我的鬧鐘七點響，我起床、洗澡、喝咖啡，做所有事時都想著法蘭茨和他的金髮太太。八點剛過，我坐上自己的汽車，跟隨著寧可說是一個我絲毫無法抵抗的漩渦，而不是一個有準備的計畫。到這時爲止，我只搭過四次飛機：一次去莫斯科參加會議、一次到保加利亞的瓦納度假，兩次到布達佩斯。機場是個我不習慣的地方，更不習慣的是，當世界所有大城市都呈現在顯示板上，而只要一張有效身分證明和機票，讓自己可以排在辦理登機手續的那些人群中，然後搭上飛機，就像坐上巴士或電車，讓自己被運送到巴黎或里約熱內盧。我不知道，人類今天是否仍視其爲正常，帶著不明確的希望不斷在空中穿梭，以便能在幾個小時後在另一個地方、另一個天氣裡找回自己，然後在那裡做他們在家裡也能做的：吃、睡、爭吵、做愛、參觀、看書、購物。我當時就認爲那是個不恰當的生活方式，雖然和那奇怪時代專制的禁止旅行比起來，讓我還覺得是個有益的正常。

我站在顯示著「飛往愛丁堡」的五號登機門附近的公共電話那邊，目不轉睛地看著法蘭茨和他太太要飛往哈德良長城一定會經過的櫃檯前方，這個龐大的「機場旅行機器」被我縮小成一個局部片段，像電影銀幕一樣，不斷變化的畫面流過：年輕人背著背包，輕鬆地把他們的機票遞到櫃檯；一個印度婦女穿著金藍色長袍，後面跟著一個年輕人，可能是她兒子，推著一車的行李；一對胖胖的金髮夫妻，帶著三個胖胖的金髮小孩，每個手裡都抱著一隻絨毛玩具動物。其間有個手拿玫瑰的少女走來又走去，顯然是找不到她要遞上玫瑰的人，她從左邊、右邊闖入我的畫面，瘦瘦緊張的雙腿穿越銀幕，短短的裙子，鮮豔緊身沒扣上的外衣，和其尖下巴臉龐上絕望的小孩樣的嘴巴和不知所措的眼神形成感人的對比。然後我看到法蘭茨，起先只是他，然後那矮小、金髮、顯然是他的女人。法蘭茨拖著兩個箱子，像隻不耐煩的狗，那女人手提旅行包，拿著機票的手擺在胸前。從第一眼起，我就不喜歡法蘭茨的太太，甚至到今天我仍不確定，在其他情況下，我是否會比較喜歡她。我想不會，因爲我還記得很清楚，那天早上她那小小的腳，大概是36的鞋號，穿越大廳，伸長脖子和腦袋，沒有任何不安，也沒有慌張的眼神。如果我不是已經知道她是圖書館員，會以爲她是體育老師，像我們中學的佩樂貝克小姐，嬌小堅強，只是手上拿的是機票而不是鈴鼓。

但是法蘭茨，我蒼白憂鬱的法蘭茨，能從一副腕龍的骨骼看出它曾載負的美麗動物的法蘭茨，和佩樂貝克小姐有何關係?!在我眼裡，那剛移動經過海關的，是個四腳侏儒，一個異形，某種錯誤的存在，不是相配的如同法蘭茨和他的青少初戀情人，而是某種完全的錯誤，錯誤、錯誤、錯誤！這個詞匯集了我所有的憤怒。我無法相信這錯誤的圖像是法蘭茨自己的選擇。這是搶奪，人的搶奪，一個嬌小精幹像佩樂貝克的人給自己搶來了一個原定不屬於她的男人。她絕不會、永遠不會成功，如果不是柏林圍牆和那奇怪的時代阻止我和法蘭茨能提早二十或二十五年相遇的話。只因爲這樣，我現在半躲半藏地站在電話亭裡，必須看著法蘭茨被一個之前霸佔他護照的女人——因爲她手裡除了機票以外還拿著兩本護照，推著經過海關，以便去搭機把他帶到蘇格蘭哈德良長城那邊，而那裡卻是個和他不相干的地方，不像格蘭河或麻州南哈德利。我想我沒詢問那班飛機是否還有空位，雖然我也可能因爲控制不住想跟法蘭茨到愛丁堡的念頭而的確問過，只是後來忘記了，或者那班飛機完全沒空位了。總之，我沒和法蘭茨還有那個讓我想到佩樂貝克小姐的金髮女人一起飛往哈德良長城。

*

那個夏季的天氣如何，我知道的如此之少，就像我無法說，是否那是我們第一個、第三個或最後一個夏季？是否我們根本只在一起一個夏季或好幾個夏季？或是否我們也許根本沒有一起度過四季的變化？對我來說，我和法蘭茨的時間是永遠的，無法用任何計算器加以規範，在那裡我從那時存在，如同在一個球體透氣的內心。

在那個法蘭茨和他矮小金髮老婆搭機到蘇格蘭的星期六，是下了雨或出了太陽，或是沒出太陽而乾燥涼爽？我不知道。直到最後一秒鐘，我期望著法蘭茨會折回來，就像我會跑回來，如果有人把我從柏林綁架走。但這並沒必要，因爲我並沒有打包好行李帶到機場，因爲我沒有答應任何人要一起去旅行，因爲我從沒自願離開法蘭茨，即使一天也沒有。在車流中，我無目標地在市區內被驅趕著，如此一個荒涼混亂的地方，似乎無容我之處，沒有法蘭茨它被剝奪了意義，好像我之前這一生是在有他的情況下在這城市度過的。我那時太老，以致無法知道自己已是老生常談所謂害了相思病的人，甚至達到可笑的地步。但我無能爲力，只能屈從在這種情況下。像隻迷途的昆蟲，滿懷希望而又徒勞地一次又一次撞向窗戶玻璃，我尋找著一條能從我這無依無助中解脫出來的路。法蘭茨飛往不可觸及，和一個女人，一個他更屬於的人，而不是我。死，我想著，死。了解到只有死多少能解脫現在的折磨，我不禁放聲大哭，只好在下一條小街轉彎，找了一個停車地方，但沒待幾分鐘我又開走，因爲幾個在附近玩的黑髮小孩聚過來，好奇地從前窗往裡盯著看，顯然很訝異有個不年輕的女人坐在窗裡嚎啕大哭。我不曉得自己開到哪裡，更不知何去何從，然後看到前面一輛車子，除了車牌以外，完全和法蘭茨的車子一樣。我跟在那車子後面，當然我知道那不是法蘭茨的車，而法蘭茨現在正坐在飛機上，在他太太旁邊，或許正唸著報上的一則新聞給她聽，或許正握著她的手，因爲她，像我一樣，怕搭飛機。但那輛陌生人的車卻讓我感到法蘭茨慰藉的影子，而開車那人，選了和法蘭茨一樣款式和顏色的車，雖然我根本不知道，是否眞的是他而不是他太太選的。法蘭茨和我經常這樣一前一後開著，在城西他開前面，在城東我開在他前面。我前頭那輛車開得很快，爲了跟著它，我不得不闖了一次紅燈，開到「六月十七日街」時，我考慮了一下，要不要開回家，因爲現在認得回家的路了，但我寧可把自己交給跟隨著那輛車子而有的安全感。在康德街上的一條巷子裡，它突然消失在一個地下車庫，以致我連開車的人是男是女都沒辦法再知道。後來我想到，開車的那人或許覺得被我跟蹤，所以用這種方式甩掉我。也許我跟的是個販毒幫派的快差，或是一個俄羅斯人口販賣分子。他們故意開一輛不顯眼的中級車，像法蘭茨這種比較嚴肅而不是輕浮的人開的車，來僞裝自己；如果我跟著他開進地下車庫，那就太危險了。

我沒多考慮就繼續開往我熟悉的地方，途中我在書店買了兩本有關英國的書，也問了店員關於哈德良皇帝的歷史小說，但她並不知道。

市區只剩一個地方是我能冀望還爲我保存了「意義」的地方，其他我見到的地方，街道、吃攤、匯流一起的人群，對我而言是如此的空洞，讓我無法在自己身上找到即便只是一種模糊的歸屬感，好像沒有法蘭茨的介紹，我不再屬於任何東西任何人。我只希望我在腕龍下頭的那地方，能爲我保證「永恆」的存在，而不會屈從於人類行爲的荒謬，包括我自己的。

博物館幾乎是空的。我打發看管的女士去喝咖啡，然後坐在她的椅子上，讓我禁慾的沉思在幾個參觀者前面顯得有正當性，否則看起來可能會很好笑。我等著他，愚蠢或勝利地，像平常一樣冷笑著。

我等了很久，但像平常一樣的慰藉卻沒發生。一隻美麗的動物，法蘭茨這麼說過。在那奇怪的時代時，他是另一種意義的象徵，對我來講是更高意義的象徵，因爲那種「他滅亡，所以所有的東西有天也會滅亡」的確信，是我如此庸俗的救贖。但他又怎能幫助我對抗那和他有同樣根源的東西呢！我後來才認知到，我對法蘭茨的那種無法馴服控制的感情在於它們的恐龍天性，或是這麼說：我了解是我那種恐龍天性讓我如此去愛，原始的、返祖強烈的、蔑視任何文明規範的，而且沒有任何東西，任何需要語言的東西，能反對我對法蘭茨的愛。

在這星期六，我等待，但徒然，那幾十年來在我和腕龍邂逅的儀式中都能得到的平靜，終究沒有出現，我於是自問：既然已經沒有人再阻攔我飛往南哈德利或其他地方，爲什麼我現在，或者永遠，還坐在我們博物館玻璃屋頂下的這個位子，彷彿爭得的自由只是用來換取另一個自願的囚禁？到了今天，我對此有不同的看法。當時我做了選擇，在所有的可能性中，我選擇愛法蘭茨。我知道自己有天會動身去看波利尼．穆迪庭園那奇特的鳥類足跡，但就像我從沒中止過到波利尼．穆迪庭園的願望，雖然無論是我或其他像我這年齡層的人都不敢相信，自己會看到那奇怪時代的結束，我現在鐵了心，要和法蘭茨，而且只有和他，到那裡旅行。當然我也會想到，這個最大的願望目前要實現的可能性太小，而是否應該是我最大的願望。但是誰會譴責一位被監獄高牆包圍，一心只希望自由的囚犯。只有當他獲得自由後，他才不會把自由再看成是他快樂的先決條件。

坐在腕龍前管理員的小椅子上時，知覺到自己情況的可笑，但卻又無法理智起來，我漸漸領悟一首淡忘的詩，起先只是：「得到你或死去，得到你或死去……」我唸著這六個字一遍又一遍，隨著呼吸思索其他忘記的句子，直到記憶又開竅：「兩件事我很快決定一個，得到你或死去。」這是《潘特西麗亞》的句子，我是在二十或二十二歲時記住了這句子，但從沒對一個男人這麼說過，後來就忘了。

我回來了，看管恐龍廳的女士湊著我的耳朵說。我祝她週末愉快，然後把座位又讓給了她。

「……或死去」，我想著，但是別放棄，我不要再放棄。《潘特西麗亞》的句子是我從貝雅忒那裡聽來的，貝雅忒想當演員，爲了通過演藝學校的入學考試，練熟了克萊斯特的劇作《潘特西麗亞》。貝雅忒叫自己貝雅，但卻被大家叫成阿忒，而她也沒反對過。我已不知道自己怎麼認識她的，我相信她是某人的姊妹，但已不記得是誰了。除了一件緊身黑色燈芯絨褲和一件黑色男毛衣以外，我不記得有任何一次見過她穿其他衣服。她的黑髮中分，剪得像火柴棒那麼長。她大我三歲，自己一個人住在普仁茨勞爾山的一間店面裡頭，而那時我還一直安身在我爸媽睡房旁的兒童房。認識阿忒不久後，我搬到一間老舊發霉的單人房，廁所在外頭，剛好就在她房間旁邊。有一、兩年，我們幾乎每天都見面。我唸大學，她在酒館當服務生；見面時，她會表演那些她想通過下個入學考要表演的角色給我看，《潘特西麗亞》是她每年都表演的拿手劇目。我們喝保加利亞紅酒，五馬克一瓶，「甘剎」或「馬福魯特」，這也是以後我們要爲小孩取的名字，女的叫甘剎，男的叫馬福魯特。阿忒愛一個她稱爲「阿閃」的男人，他曾因爲沒付贍養費給一個他十七歲時生的小孩而被判刑。阿閃是從西柏林來的失業演員，柏林圍牆砌起來的那晚，他正睡在阿忒的床上。因爲夏洛登堡地區法院那時正好又有控訴他未付贍養費的案件在進行中，於是他決定寧可和阿忒在一起留在圍牆裡，而不是摩亞必特區監獄圍牆裡頭。

一夜之間洗脫罪犯標記的阿閃，發展出事業雄心，在阿忒的幫忙下，在柏林大都會劇場找到一個舞台助手的工作。我認識阿忒的時候，她說阿閃在過了三年天堂似的快樂生活後，剛搬出去，爲了大都會劇場的一個芭蕾舞女郎，阿忒把她叫作閃閃，雖然她的名字是愛莉珊。阿閃什麼都沒留下，除了帕西法爾以外：一隻黃色、臘腸狗似的、尾巴小小像扭曲鐵絲的狗，有個漂亮但太大、比較適合狼犬腦袋的頭。帶著牠上電車，不可能不引來不知所措的大笑，但帕西法爾把這當成讚許，然後會像得了痙攣抽搐一樣用牠短短螺旋狀的尾巴回答。帕西法爾是阿閃有天從劇場要回家時撿到的，帶回家後由貝雅忒照顧牠，並且從一開始就由她付狗稅，這點成爲她後來在辯護時所舉的唯一正當理由。阿閃搬出幾週後，來阿忒這裡看帕西法爾，自告奮勇說要帶牠在附近遛遛，一個小時後他從電話亭打電話來，說那隻狗從現在起要待他那邊，特別是因爲牠即將在大都會劇場的「小白馬」一劇中演一個角色。我從沒見過阿忒因爲阿閃而哭，雖然這並不表示她沒爲他哭過，但我沒見過就是了。不過，現在只要有誰或者她自己一說到帕西法爾，她就掉眼淚。今天回想起來，讓我覺得好像從帕西法爾被拐走後，我們談的只是牠。沒多久《小白馬》開始首映，阿閃並沒說謊，帕西法爾眞的參了一腳，而且每回演出都獲得不少掌聲，總之劇場裡給阿忒通風報信的人是這麼說的。她還聽說，阿閃在演出後常和閃閃還有其他芭蕾女郎到餐廳喝兩杯，並把帕西法爾單獨留在看門的那邊好幾個小時。

有一晚，《小白馬》正上演時——阿忒總知道這齣戲排在什麼時候，三、四個朋友坐在阿忒的廚桌邊，包括我，喝著甘剎或馬福魯特，然後有人興起了這個念頭：如果帕西法爾演出後又孤單地坐在看門的旁邊，那我們可以再把牠拐回來，就像當初阿閃把牠拐走一樣。

我不知道爲什麼會選我，是因爲我們抽了籤決定，還是因爲我看起來比阿忒的其他朋友老實？然後大家又決定一個我不太認識、名叫賴訥爾的，陪我一起去，因爲他這晚剛好開他母親的車。我們感覺自己像游擊隊，要出發去爆掉納粹的彈藥庫，也因此有些失望，當那看門的聽我們解釋說，是阿閃派我們來帶狗的，就輕易把狗繩子從椅腳解開交到我們其中一人手上。不過好像要堅持我們行動的危險性，我們飛奔穿過劇場後頭的空地，就像有人在後頭追趕一樣，連那隻狗也耳朵飛起來似地跑在我們中間。等帕西法爾終於回到阿忒懷裡後，牠高興得直叫，而阿忒則哭著讓帕西法爾舔她的眼淚。我們站在旁邊，充滿感動和滿足，因爲正義和愛戰勝了，因爲我們助了她一臂之力。這幾分鐘也是我生命中，直到今天，經過七、八十年後，最快樂的片段之一。

兩個小時後，阿閃出現，說如果阿忒不立刻把狗交出來，或最遲明天交還，他會採取必要措施。於是我們決定得立刻讓帕西法爾離開柏林，並把牠安置在一個阿閃找不到的地方。阿忒的女友吉珂琳德願意把帕西法爾帶到帕澤瓦爾克旁的村莊她爸媽住的地方，而阿忒爲了完全穩當，考慮是不是要先把牠染毛。隔天，吉珂琳德把帕西法爾帶去她爸媽那邊，至於染毛一事，因爲阿忒不願被指責虐待動物，而且認爲應該善待帕西法爾的自然外觀，所以就放棄了。

這隻不起眼、對誰都不太有價值的小黃狗——除了對阿忒和阿閃以外。但對他們來說，牠也不過是他們曾經共有的過去的具體化，而現在都想獨自擁有的東西。這隻頭太大、尾巴捲的狗，在這之間成爲東柏林唯一輕歌劇劇場觀眾的寵物，也因此成爲能用金錢計算的爭執物。大都會劇場透過他們的法律顧問漢斯·庫爾特·魏爾博士提出權利要求，阿忒收到一份文件，上頭把她列爲「被告」，並要她在某個星期三上午十一點到林騰街的柏林中央區法院出庭。阿忒放棄要求辯護律師的權利，因爲她覺得不可思議，有誰能懷疑她行爲的道德正當性，更不用說是法庭。尤其是她，阿忒，照顧那隻狗，而最主要的是，她還從一開始就爲牠付了狗稅。她寫了一封信給尊敬的法庭詳細說明，並要求把我和吉珂琳德列爲證人。現在想起來，我確實見過阿忒有這麼一次穿的不是黑色燈芯絨褲和黑色男毛衣，爲了出庭，她向朋友買了一件沒怎麼穿過、很高雅的細方格花紋套裝，而且要求我和吉珂琳德也得穿套裝出庭。出發前，我們站在阿忒放在走廊的大鏡子前面，看著自己，覺得那個法官如果腦袋長眼睛的話，他對我們的可信和正直就不應該有任何片刻的懷疑。開庭時，我和吉珂琳德坐在走廊的硬長板凳上，沉著安靜地等著入庭當證人。有時我們彼此對看，其中一人會說：「哦！老天，可憐的阿忒！」或者說：「她能搞定的。」然後吉珂琳德被叫進去，才過兩分鐘又出來坐在我旁邊，因爲法官什麼都不想知道，除了她爸媽的地址以外。但至少吉珂琳德進了法庭，扮演了證人的角色，即使只有一點點。而我既沒被叫進去，也什麼都沒被問到，雖然拐走帕西法爾的是我。

法庭判決阿忒得在三天內交出那隻狗。至於她爲什麼只要繳十三馬克八毛六的訴訟費，我已記不得了，只知道是十三馬克八毛六。也許那個女法官，就像阿忒說的，了解到阿忒和阿閃之間，不只是拐走一隻捲尾狗的問題，還有其他要處理的，所以就把阿忒付過的狗稅算進去；或是阿閃爲了舒緩他良心的不安，而自願付那部分的錢。

我們開了一瓶甜香檳「慶祝」我們的敗訴。阿忒抱腿靠坐在安樂椅上，咬牙切齒地批評漢斯・庫爾特・魏爾博士，認爲會有這樣的結果都是他害的，這事根本和他無關，因爲這是一個愛情事件，只和她還有阿閃有關，根本不會上到法庭審理，如果不是漢斯・庫爾特・魏爾博士爲了一個可笑的劇目和可鄙的錢，才把這事弄成偷竊事件。雖然我的失望和阿忒的不幸比起來算不了什麼，但也覺得漢斯．庫爾特．魏爾博士用幾條惡劣的法律條款壓制我所做的光榮行爲，使它變成無效，是對我的一種欺騙。「正義的勝利」就像帕西法爾一樣，都失去了。

幾天後，阿忒給我和吉珂琳德看一個用蠟揑出來的人偶，她說那是漢斯．庫爾特．魏爾博士，然後我們要殺掉他。事實上，做這種阿忒所謂的馬來西亞殺人巫術的儀式時，還需要犯錯者的頭髮和指甲，但我們沒有，所以就得用共同的精神集中和意志力來彌補。阿忒在人偶的胸部插進幾個大頭針，然後我們殺死了漢斯．庫爾特．魏爾博士。實際情況是，漢斯．庫爾特．魏爾博士幾個月後死了，「突然意外地」，登在報上的訃聞這麼寫。後來我們得知，他得了一種奇怪、無法治療的高燒，在幾天之內就衰竭而死。

在法蘭茨和那個像佩樂貝克小姐的女人搭機到蘇格蘭的那星期六，我開車到阿忒那邊。在想到她之後，內心開始有股強烈的思念，並不能說是對阿忒的思念，而是對過去的那段時候。那種開始的時期，還沒有逐漸放棄之前，所有的理想似乎還能達到，厭惡和不屑對一個一般事業和一般婚姻的指望，當我們還知道我們一定要的和我們一定不會做的那時期。阿忒那時認識我。她一定還記得這個人，這個曾經的我，而這個人，從我認識法蘭茨後，比現在我這個女人更讓我覺得親近。那是很久以前的事了，那時我感覺得到「一切或沒有」、「這個或死」的激動；「……得到你或死去」，這樣的句子屬於開始或結束。

*

阿忒後來眞的成了舞台演員。我已經有七或十年沒見到她。有時我會在電影結束字幕上的配音那一欄裡看到她的名字。如果新的電話簿印出來，我會在裡頭找她的名字，並不是我想去找她，而是讓自己確定她曾存在過，只要她還一直存在的話。

她還住在同一條街，但不同房子，已不是在底樓，而是五樓。她還是老樣子，只是老了些，跟我一樣老。頭髮染了色，就像我的。ㄟ?!阿忒說，進來進來。那張老安樂椅還在窗旁角落。阿忒從廚房拿出玻璃杯，問說，紅酒還是白酒。我想到甘剎和馬福魯特，就選擇了紅酒。阿忒後來說，她看到我如此張皇失措，擔心我是不是得了精神分裂症，像她一個朋友一樣。那朋友有天突然聽到講話聲，因此被送進一個上了鎖的病院，好幾個月後才被放出來，還帶了滿頭蝨子。

我們談到帕西法爾和阿閃，阿忒問，我們那時到底是正常還是瘋瘋的？我說，有很長一段時間，我覺得我們是瘋瘋的，但自某個時候以來，我覺得我們那時絕對正常，而且所有我們要的和做的都是正確的。

帕西法爾早就死了。阿忒說，阿閃在去好萊塢的途中，不曉得被什麼耽擱了，總之從沒到達那裡，否則會寫信來說。

我看著她越久，越覺得她和以前的阿忒沒什麼不一樣，就像我記憶中朗誦《潘特西麗亞》的她。

其實跟以前一樣，我說，只是我們突然變得這麼老。

那時我們都想在三十歲時死去，阿忒說。

我那時應該想像七十歲的樣子，而不是這種鬱鬱不樂的五十歲，這種不老不少、不男不女的存在，加上燙髮下譴責的目光。

而現在？阿忒問。

是的，而現在，我說。

我們喝葡萄酒，談論老年，好像我們知道這事。現在，四十或五十年後，我知道什麼是年老，而我找不到，完全找不到，這有什麼好的。所有所說的，關於年老的好事，全是愚蠢或謊言。譬如說，關於老年的智慧，好像人不能變得有智慧，如果活生生的身體不腐朽的話。年老意味逐漸變聾、變瞎、變呆滯、變愚鈍。我猜想，自己也變得愚鈍，雖然我並沒向別人或自己顯示出什麼，因爲我已不和人來往了。如果年老眞有什麼好處的話，也只是，它在準備死亡上有兩方面是有用的：我們有時間，能打磨、刨亮我們的記憶，直到它們最終被拴在一起成爲勉強可信的傳記；我們會隨著持續不停的衰老而自己厭煩到，有一天我們會渴望死，以便它能讓我們從我們生命中最愛的——也就是從我們自己，解脫。但這只有在我們腐朽得比變愚鈍來得快的情況下才行。

阿忒把毛衣袖子往上推到肩胛那邊，然後拉扯她手臂下方的肉片。妳看，她的叫聲帶有厭惡，妳看看。

我從不喜歡我的身體，我說。

妳？

阿忒站起來，把毛衣拉到屁股上，一副聽天由命地由上往下看；我生命中最美麗的時光要感謝它，她用堅定的聲音說，然後倒了些酒。

我也是，我說，但現在才這樣。

終於我能談論法蘭茨了。我告訴阿忒，怎麼在腕龍下面遇見法蘭茨，他怎麼用指背撫摸我的臉頰，還有法蘭茨的聲音，他青灰的眼睛，我們夜晚的歌唱，法蘭茨的金髮老婆和哈德良長城。我又說，來這裡只是為了跟她談這些，因為我沒認識其他人，我可以向之解釋，這麼一個可以當祖母、頭髮染色的我所遭遇的。我只能說這是攸關生死的愛情，而只有阿忒是我能希望，不會對這麼多的激情覺得可笑話的人。我說，我來是因為阿閃、帕西法爾、漢斯．庫爾特．魏爾博士，和當初整個瘋狂或並不瘋狂的時期，而最主要的是，因為我想起了那個句子：

「……得到你或死去。」

阿忒坐直，抬起下巴，左手伸直在半空，喊出：

奧翠爾是我偉大的母親

而人民歡呼我：潘特西麗亞。

然後又攤回安樂椅裡。「攸關生死」，妳說的是認眞的嗎？阿忒問。

非常認眞。

妳不也是沒有他活到現在。

活得夠糟糕的。

妳那時畢竟也沒想要死。

是啊，爲什麼沒有呢？

什麼？

我自問，爲什麼我沒想到要死。畢竟那不能叫生活。

喔，阿忒說，我知道我知道：「我很痛苦，因爲我失去生命中唯一的幸福，那神聖、使人有活力的，讓我得以創造周遭世界的，不存在了。」——歌德，《少年維特的煩惱》。

看吧，我說，就是這樣，他說得對。我甚至連對腕龍都提不起興趣。我也沒去麻州南哈德利。是的，我生命中唯一的幸福不在了。

阿忒說她覺得安心，聽到我還會想到從前生命中的幸福，即使對我而言現在似乎喪失了。

她把一隻小蒼蠅從葡萄酒中撈起來，彈落在地毯上。我有那種感覺，回到生命中很久以前的時刻，那時我沒有疑問，也還沒因爲自己的過失而陷入困境；而現在，幾十年後，在同樣的十字路口，再做一次決定並選擇另一個方向。

而法蘭茨，他也愛妳嗎？阿忒問。

在星期五我還會說是，是，法蘭茨愛我。但現在已是星期六，我腦中的影像是：法蘭茨在狹窄的護照檢查通道，他老婆在後頭，把兩份護照從他的左手邊往前送，法蘭茨對他老婆笑了笑，因爲他手肘不小心擠到她，是的，特別是那微笑。當我覺得，我狂躁的心正和我一起直直朝向死亡奔馳，而他卻能做到如此隨意、溫柔的微笑。沒有絲毫的想念我讓他嘴角扯一下或眼皮動一下。他就是忘記了我。這個微笑裂開，就像我記憶中一個無法治癒的傷口。從那時起，對我來說，法蘭茨的太太有了性別。

那得是另一種愛，我對阿忒說，一種讓人能過活的愛。

沒這種愛，只有一種，會讓你死的，阿忒說。阿閃的事，我跟死了差不多。我那時在床上頭掛了張紙條，寫著：「如果有人踩，那是我；如果有人被踩，那是你。」我堅持這原則，至少在生活上。在舞台上，我體驗了各種快樂和災難，死過所有愛情的死，從星期一到星期五，有些週末我一天甚至死兩次。對於愛，我知道的已夠多。要嘛就是悲劇性的結束，要嘛就是庸俗的終了；而看來，妳爲自己決定了悲劇性。

而妳呢？

我反對，阿忒說，既非悲劇，也非庸俗，就是反對。

太陽湧出的溫暖穿過打開的窗戶落在地毯、家具、我們身上。我想著，阿忒和我被包在金黃的光線裡，就像兩隻昆蟲在琥珀裡，背貼著背，小小的腳往不同的方向伸出，卻被同樣的死亡驚嚇到。

雖然一個沉悶的哀傷像藥效不被允准的安眠藥一樣麻痺感官，但我覺得舒適。這並沒什麼不好，像我這樣坐在阿忒旁邊，自願地把自己獻給一個完全屬於我的痛苦，一個注定要給我的痛苦，或者我注定要給它的。我想著法蘭茨的名字，就像其他人想著上帝的一樣；對於快樂、不幸、解救，我只有一個詞：法蘭茨。而這樣一直到今天。

*

我單獨一人在食肉植物之間，那裡通常是法蘭茨躺的地方。我打開愛丁堡的地圖。在早上買的兩本書的其中一本，我讀到愛丁堡有四十五萬二千人口，比法蘭克福少，比波茨坦多。十點鐘，愛丁堡現在是九點。到現在為止，他們應該散過步，在「皇家一英里」上坡或下坡，從城堡走到聖十字宮或從聖十字宮走到城堡。明天，星期天，一吃完早餐後，他們會去博物館。但現在他們正在老城找餐館，或許是家中餐館，因為便宜，或者他們覺得在小吃攤買個魚片和薯片就可以，把節省下的時間用來參觀托布斯教堂或聖吉爾斯大教堂。應該是這樣，小吃攤的魚片和薯片，然後用法蘭茨他老婆在飛機上謹慎收起來的紙巾擦掉手指上的油漬。法蘭茨的手臂圈著他太太瘦小的肩膀——她有個瘦削的肩膀，這是我看到過的，然後她倚著他走著，而法蘭茨吻一下她的額頭，隨意溫柔地，就像他在護照檢查通道時的微笑。一個穿著深灰色有小白點外衣的女士迎面走來，那女士長得像我，但法蘭茨沒看她。再一次：一個穿著深灰色有小白點外衣的女士迎面走來，那女士長得像我，法蘭茨停頓了一下腳步，轉頭看了她一眼。而法蘭茨的太太，肩膀上圈著法蘭茨的手，緩慢往前走，如此拖著他往前。

我找著房裡朝西北的方向。像回教徒禱告時朝著麥加一樣，跪在床上，額頭朝向蘇格蘭，手放在愛丁堡市上面，然後閉起眼睛。法蘭茨，我唸著，法蘭茨，然後把我裡頭覺得可以傳送的放射出去，越過柏林，經過勃蘭登堡、梅克倫堡，越過北海，到達蘇格蘭的愛丁堡。在那裡，在酒館裡，法蘭茨和他太太坐著，他面前是一瓶吉尼斯黑啤，她一杯橘汁，在那裡我要傳射到他。我願意相信所有我讀過的關於生物電流和心靈學的現象；畢竟我腦中的電流也曾被關掉十五分鐘。如果一個電子信號能穿過天空、越過大陸，到達它的接收者，那憑什麼我愛的電流不能到達法蘭茨。法蘭茨正叫他太太注意酒館內用淡黃皮紙遮上的壁燈和牆壁下端從不上漆的護壁板，這讓他有感而發地評論起德國戰後時期和傳統的中斷，當一種看不見的射線擊中他胸部中間時，他不得不沉默下來，因爲有幾秒鐘他除了我的名字以外無法想到其他的，因爲他現在能活靈活現的聽到我、看到我，就像我讀到的美國俄亥俄州那個女孩聽到她的愛人一樣，當他腿摔斷躺在岩縫中呼叫她的名字時，只因為她聽到他，他才得救。

接下來我得離開他們。我應該在電視上找那些演警探的熟臉孔：寇捷克、戴爾瑞克、科倫坡。我也可以打電話給阿忒，告訴她我現在的確瘋了，額頭朝著蘇格蘭，喃喃唸咒，還認為法蘭茨能聽到。我到今天仍問著，我和法蘭茨之間的結果是否會不一樣，法蘭茨在那個秋夜是否或許不會永遠離開我，如果我沒在他們旅行的這晚或那幾晚跟著他們到旅館房間。

但我跟了他們。看著他們脫衣服或者洗澡、光著身子或半裸地在狹窄的旅館房間走來走去。法蘭茨洗澡時，我觀察他老婆，她把小腹收緊，手心放在肚臍和陰部之間，看著鏡裡側身的自己，並不是那種自我陶醉，而是打理打理，就好像看看一條裙子套在臀部上會不會太窄。一次又一次，我逼迫她把衣服脫掉，為了讓我在看著她身體時產生厭惡的感覺。她的雙腿因為骨盤過寬而太開，小小的乳房像枯萎的花蕾。總之，她的身體不特別好看也不特別難看，而我也搞不清楚，為什麼它會引起我內心這種直覺的厭惡。歲月在她身上留下的痕跡就像我的一樣，在自然情況下，我應該有所感觸也會有種自利的同情才對，但並不是那種不完美或開始衰老的痕跡讓我對這身體反感，而是她的異質性。這身體有一個女體所應有的，乳房、濃密恥毛直直的尾端，大腿間黏滑的裂口，從這裡法蘭茨晚上進入這身體——在我看著他們的時候。她有所有我也有的，但我絕不承認她是和我同性別的。

第一次我得看著，法蘭茨跪跨在他太太身子上頭，小心地把她的睡衣從頭上脫下來，而她像個小孩讓他這麼做。很清楚的是，沒有任何對我的記憶會阻止他進入她裡頭就像進入我，沒什麼不同，誰的腿岔開去接受他那貪婪的陽具都一樣。當動作到了不可能回頭的時候，我等著那最後的背叛：他跟她做那事就像跟我一樣。我抱著法蘭茨在我這裡時所蓋的被子，就像抱的是他，我把它放大腿中間，把臉埋進還帶有法蘭茨氣味的枕頭，看著他蒼白的身體如何在一個女人身體上上下下，她的呻吟讓我感到同樣的厭惡，就像她的身體一樣。我的手壓著陰部，在法蘭茨對他老婆小腹的衝撞下，我大聲叫了出來。

星期二法蘭茨從新堡打電話來。我問他們星期六有沒有吃魚片和薯片，但法蘭茨已經忘了是在星期六還是星期天吃的。

你和她做愛嗎？

沒有，法蘭茨說。

既然你已經和她做愛的話，至少別騙我。

我們今天一整天在哈德良長城那裡。

你們，你們，我並沒說你們是今天做愛。

那裡每一英里有個小堡壘，然後每五百公尺有城樓，法蘭茨說。

法蘭茨，我說，法蘭茨，如果你今晚還想跟她做的話，你得想到我，這樣你就做不了，你那該死的屌就翹不起來。

法蘭茨默不作聲。我向他道歉，並發誓我這輩子從沒說過如此粗魯的話。就這點來講，如果我沒記錯的話，在那時候是個事實。

電話那頭的法蘭茨有陣子沒聲音，除了嘴唇吸著菸斗的聲音。然後他說，哈德良傳記把那長城標示爲羅馬人和野蠻人的界城。

我們又沉默了半英鎊或一英鎊久的時間，然後法蘭茨說他會再打電話。我問什麼時候，他說這幾天，然後就掛斷。如此，他消失在「新堡」這個詞後面。

「泰恩河畔新堡」位於哈德良長城東邊末端，西邊是卡萊爾。其間的大城鎮有科橋、赫克珊、海登橋、赫特威索、布蘭普頓。在旅遊書裡，我找到新堡的七家旅館，抄下電話號碼放在電話旁。我不知道我想跟法蘭茨講什麼，我只知道在他眼裡我是個野蠻人，只爲了一個句子他就把我當成野蠻人，而文明的羅馬人像法蘭茨和他太太必須用長城來保護自己。

想到他可能會因爲厭煩我們的談話，而或許會因此心存感謝認知到小腳的金髮佩樂貝克小姐是他文明世界的眞正的伴侶，並把對我這個野蠻人的愛當作不理智而開始後悔，一想到這個，我覺得怎麼也得立刻把話說清楚，即使冒著在不適當的時間突然打電話到他們夫妻旅館房間的危險，我也得讓他知道他的錯誤，告訴他我不是野蠻人。前兩個旅館我先不管，因爲太貴了。我從沒打電話到英國，那奇特的咕咕雙響撥號聲聽起來很有希望，像兩個知道內情者的招呼。我靠近法蘭茨了。一個女性的聲音說了些話，但我只了解最後兩個音節，似乎前面話語的意義都注入最後這兩個字「help you?」裡頭。

Excuse me, I want to speak to Mr. ...

這句子是我預先寫在電話號碼下面。

在無聲調的電腦按鍵聲中，我飢渴努力聽著前頭旅館大廳的聲音片段。過一會兒後，電話那端傳來一段親切的英語聲，帶著抱歉的語調，還有「sorry」和「not」……的字眼，這讓我能得出法蘭茨不在這旅館的結論。

每次的失敗都增強我尋找法蘭茨的激情。一定得說那句話：我不是野蠻人。法蘭茨躲在那不可觸及的後面，我被驅逐，決定的是法蘭茨，我唯一所屬的人。我無法想到其他，除了可怕的絕望。

七、八歲時，我爸媽去參加一個家庭生日宴會，而我因爲沒整理房間，被罰單獨留在家裡。他們把我鎖在屋裡。我到今天仍想著，爲什麼他們不會害怕，我可能爲了不想被關住而從我們住的四樓窗戶跳出去。我大哭大喊，差點因抽噎、窒息而全身顫抖。我躺在門後，透過信箱的縫朝著樓梯間，大聲叫喊我的被離棄。我爸媽回來後，看到我睡在門後。

當最後一個我問的旅館櫃檯人員的回答也以「sorry」開頭時，我衝著電話大喊，我不是野蠻人，在新堡的人得知道，特別是有個從德國去的男人更得知道，這個人叫作法蘭茨。雖然新堡那邊的櫃檯員掛了電話，我還是吼叫著。接下來幾天，我在所有沿著哈德良長城的市鎮找尋法蘭茨。有一次我在海登橋找到他，「One moment please」，接待櫃檯的女士說。在法蘭茨或他太太拿起話筒前，我掛掉電話。然而接下來幾天，我還是打電話到所有列在旅遊書上的赫特威索、布蘭普頓的旅館，但再也沒找到他。

法蘭茨預定要回來的前兩、三天，阿忒邀我們幾個當初參與拐走那隻狗的人吃晚飯。我之前去找她，讓她興起尋找那段時期朋友的念頭，然後至少找到了吉珂琳德和賴訥爾。很奇怪，阿忒說，這兩人也像我一樣，處於內心和外在要崩潰的情況，吉珂琳德忍受著她的痛苦，而賴訥爾卻是有意如此。總之，她保證會有個奇特的夜晚。

阿忒端上俄羅斯高麗菜湯，她說以前也請我們吃過。像疲累的歸鄉者，我們坐在桌邊，各自在另一個人的臉上探尋自己的年紀。吉珂琳德細瘦的手拿著湯勺，手臂內側除了顯出肌腱以外還有粗粗像蚯蚓的藍色靜脈。從她先生半年前離開之後，她瘦了十四公斤，現在只剩三十九公斤，爲了這原因她得多喝一碗美味的湯。雖然一下子消失的肌肉在她的皮膚上留下了失控的皺紋，但她消瘦的身體在柔軟寬鬆的夏裝裡讓人想到一個青春期之前的女孩而不是一個上了年紀的婦女。她說，有天她老公的青少情人突然出現在他們家門口。這個叫作蕾娜忒的女孩，十八歲那年，有天晚上和她父母突然消失，逃往西德漢堡，後來她和一個瑞典人結婚，就一直住在瑞典哥特堡附近。起先吉珂琳德只覺得這是件讓人高興的事，即使她老公和蕾娜忒見面的次數增多，甚至蕾娜忒在柏林租了房子之後，她也沒有懷疑。她唯一訝異的是，自從這個蕾娜忒出現後，她老公又恢復了對她許久沒有過的性愛激情，爲此她甚至覺得該感謝蕾娜忒，即時她有時也在老公渴望的激烈中感到絕望的氣息。現在她當然知道，他是在她身上紓解一下對蕾娜忒的渴望，或把渴望轉到她身上，好像器官移植一樣。不管這樣或那樣，他的激情並不是爲了她。幾個月後，吉珂琳德把這段時間看成他們婚姻生活一段困難但重生的時期，但這時她老公卻向她坦承對蕾娜忒的愛。在夫妻生活中處理日常事務的吉珂琳德做了決定，要她先生搬到蕾娜忒的小公寓去，直到這場愛情發燒退熱了之後，她認爲這樣對大家都好。

妳們了解，吉珂琳德說，我那時想，我們得把這事趕快解決，就像手術一樣。她笑了，好像有人剛說了一個好聽的故事給她聽。阿忒和賴訥爾也笑了，而我，在這個我一直喜歡的女人身上，找著她和佩樂貝克小姐的相似處。

吉珂琳德繼續說，他還問我，是不是眞的認爲這樣是最好的，如果他搬到蕾娜忒那裡？而我說，你一定得搬去那裡，我還能跟你怎樣？如果你如此迷戀著。然後我還幫他打包。吉珂琳德笑起來，結果被湯嗆到，咳得直流眼淚。

我不知道，是否那晚已經想到，自己今天認爲那時想到的，或只是因爲現在覺得，那時不太可能沒這麼沒想到。吉珂琳德嗆得差點窒息，阿忒用手掌拍她的背，她薄薄衣衫下的肩胛骨突起像兩隻尖尖小小的翅膀。吉珂琳德用嗆得要死的聲音，從喉嚨擠出一個數目好幾次：二十四、二十四……，然後終於成功地把說明的主詞加上去：二十四年；阿忒說：「也的確是段長時間。」我無法想像，對於吉珂琳德勇敢的傷心絕望，我會沒去思考爲什麼沒有引起我的同情，雖然我努力嘗試去同情。

我喜歡吉珂琳德和她土地平坦貧瘠的故鄉，那時她星期天有時會從家裡帶來用報紙包住的玻璃罐，在阿忒的廚房打開，裡頭是五花熏肉和肝腸。我們在黑麵包上塗上厚厚一層辣根醬，再加上五花熏肉，也許我們真的覺得這樣很好吃，也許只是爲了辣根醬的辣所引起的喘氣呻吟。我們毫無顧忌的喘氣呻吟，隨著每個人的性情和音高，我們興致高昂地用喘氣和淚水來彼此愉悅，阿忒的廚房剛好在樓梯邊，如果有人經過聽到我們這種感官的輪唱曲，絕不會想到那只是來自五花熏肉和辣根醬純潔無邪的歡樂。

光是這個五花熏肉的縱情就讓我喜歡想起吉珂琳德，而我也絲毫沒有理由不爲了她的緣故而不希望這個蕾娜忒下地獄，當然還包括她在燭光下和陰森森的合唱曲中爲吉珂琳德被迷惑的老公所做的全身按摩。總之，我其實沒有什麼理由和吉珂琳德、她老公還有這個蕾娜忒之間扯上什麼關係。但是，我卻覺得那是個早該到來的正義——吉珂琳德的老公搬到蕾娜忒的小公寓，而不是和吉珂琳德去哈德良長城或別的地方旅行——這使我有滿足感甚至有些幸災樂禍。

阿忒罵說「混蛋男人」或類似的，但我和吉珂琳德都不同意她的說法。我們兩人都還心存希望。

我後來還常想到吉珂琳德。在法蘭茨離開我之前，有人跟我說了他們後來的結果。那跟死有關。要嘛她老公回到她身邊，而蕾娜忒死了，要嘛他沒回到她身邊，然後她死了。她老公，如果我沒記錯的話，沒有死，或的確是死了？

後來，在我和法蘭茨之間的一切都成定局之後，吉珂琳德的老公的確是回到她身邊，雖然我不知道，是不是眞的應該這樣祝福她，因爲那晚在阿忒那邊喝完湯後，打開最後一瓶紅酒，吉珂琳德以她特有的波美拉尼亞式的冷靜說，她現在只需要再知道一件事：她被腿部的濕疹困擾了二十年，但這毛病已經消失了半年，就像她老公離開她的時間那麼長。爲什麼會這樣？

我想吉珂琳德是個比我好的人。不像我對於她對她老公的哀悼，她對於我對法蘭茨的愛比較沒那麼見怪。如果她今天還活著，她仍會是個比我好的人。她會關心她的孫子或曾孫，如果她還夠健壯的話，她會幫鄰居買東西、煮飯，而我只能模糊記得我女兒，也根本不會知道鄰舍住的是人還是老鼠，如果不是偶爾有音樂和人聲透過牆壁傳過來的話。我這一生太堅信自然，所以無法成爲一個好人。

我就是無法像讚賞海本身那樣去讚賞一幅海畫，即使是克勞德・洛漢的畫也一樣。整個的自然，包括人類在內，對我而言是個無與倫比的藝術品，更別說它技術上非凡的創造力。如果不是大自然中已有可對照的，那就算是最有天分的靜力學家也無法創造出腕龍的骨架。全部都是模仿，從插頭到晶片，即使輪子也是，沒有圓體，就沒有輪子。

直到今天，我看到一隻流血的野獸，都會驚恐的想到，我們全都流著同樣的液體，出生時連著臍帶，都以同樣的方式孕育出來。人是個奧祕的自身。我從沒能夠忘記自己的獸性。年紀越大，文明對我越不是個慰藉，這並不是說，我對它蔑視過，但就像這樣，我們不蔑視一副假牙，當我們的牙齒掉了之後。

對於我們獸性這部分的價值，我和法蘭茨的看法一直不同。男人讓我覺得特別的是，他們看起來總是比女人更野獸，光是體力和遺留下來的毛髮，但最主要的是他們更明顯的性衝動。法蘭茨不這麼認爲。他說，根據他的觀察，女人的性衝動實現在生育上。此外，這個多毛、強壯的性魔在文明的發展上，比起他們桃色皮膚的女人，參與了更多。沒什麼可反駁的，而這或許也說明了，爲什麼對這整個的安排，法蘭茨不像我有這麼多的懷疑。

吉珂琳德屬於那種能把每樣東西和每種生活情況回歸到自然的人，她對待周遭所有的事物如此，彷彿那是上帝賜給的生命，就像燕子用牠們在戶外的樹枝和草地之間找到的錄音帶築巢一樣，或像被養在屋內的貓，在缺乏結痂樹幹的情況下，會用家具來磨利牠們的爪。像吉珂琳德這類的人，能在新式平板建築爲自己和她們的幼獸找到巢穴，就像在土屋或宮殿裡。一條街道對她們來講，似乎就像一條森林裡的路一樣自然，而從冷凍庫出來的一塊眞空包裝的肉，會被當成像剛宰的野味一樣帶回家。

也許在鄉下長大的人，學會了遵從另一種更強的規律，而城市的小孩，出生沒多久後，被母親放在嬰兒車裡推著上街，就經驗生活的易變和反覆無常，那種完全人爲，沒有上帝的反覆無常。我在戰爭中出生，如果也在那場戰爭中早死，這樣我會把戰爭當成自然的生活，就像我和漢西・佩茲克把被毒死的老鼠當成一般的玩具一樣。後來我也變得會怕老鼠，就像大部分的人。不過，或許吉珂琳德也怕老鼠。

要不是法蘭茨從哈德良長城回來前兩三天的那個星期六，我在阿忒那邊又看到吉珂琳德，而要不是我樂於見到她的不幸，只因爲我不喜歡看到法蘭茨他老婆的快樂，那我很可能早就忘了她。

又有誰知道，爲什麼我們會忘記某件事，但卻記得另一件？或許也可能，我會如此清楚記得吉珂琳德是因爲如果沒有她，我和賴訥爾之間想必就不會有那樣瘋狂的聯合，而法蘭茨或許也不會因此離開我。

我們在阿忒那裡見面前幾個星期，賴訥爾結束了他十五年的婚姻，從巴特洪堡搬回柏林。像他說的，沒什麼特別理由，可能只是因爲，他直到那奇怪的時代結束時都認爲自己不能離開妻子安珂，因爲出身杜塞爾多夫的她，在西柏林唸書時認識了賴訥爾，並把他從柏林圍牆的監禁中解救出來。安珂用祖母給她的遺產作爲費用，請一個逃亡救助組織幫忙，把賴訥爾藏在一輛賓士車的後車廂，當作過境行李從柏林運到漢堡，在那裡，安珂在一個朋友的住處準備了幾瓶冰香檳和一大碗碧圳蝦等著他。當初他們是在一個生日派對上認識、進而相愛。賴訥爾事後說，那種有希望逃出去的感覺，即使起先只是模糊的，似乎對他愛上安珂有相當程度的影響；至少只有她才有救他出去的能力，讓他覺得她看起來比其他人漂亮、聲音更有希望、動作更撩人。

後來，起先的激情褪色爲比較是兄妹情感時，因爲出於感謝和補償的念頭，賴訥爾壓抑自己有時會冒出來想離開安珂的想法，如此直到那奇怪的時代結束。賴訥爾說，沒有她，他從那時起一樣能自由，所以那之後的時光他不再欠她什麼了，「現在，我自由了。」

那安珂呢？阿忒問。

是啊，安珂，賴訥爾說，不安的眼光瞄了一下吉珂琳德，她默不作聲眼睛盯著空湯碗，然後賴訥爾看著我，得到他想要的同意。「祝好運」，我說。

每個故事都是我的故事。安珂和賴訥爾是沒有道理存在的侏儒，就像法蘭茨和他矮小的金髮老婆。安珂把一個原不屬於她的男人用詭計誘拐走。就像我無法遇見法蘭茨，因爲瘋狂的匪幫在我和他之間築起圍牆，而我的周遭有個女人得過著沒有賴訥爾的生活，因爲安珂把他搶走、買走，用她祖母給她的遺產。安珂現在的不快樂，只是因爲她十幾年來活在一個騙來的幸福中。這是我那時的想法。

賴訥爾開車送我回家。他在一家廣告還是音樂公司或者旅行社工作，薪水顯然不錯，讓他能浪費在沒必要的高檔車。他看來像是平常有做運動或至少有慢跑。

我問他還記不記得我們當初怎麼拐走帕西法爾。

除了躲在後車廂的逃亡外，他說，拐走帕西法爾是他這輩子幹過最棒的事，只可惜後來沒幫上什麼忙。

我相信，我沒告訴他漢斯．庫爾特．魏爾博士死掉的事。

妳還會拐狗嗎？他問。

現在又會了，我說。

在科爾維茨廣場的一家酒館，我們喝了一杯酒。裡頭除了我們以外，我看不到任何一個超過三十歲的人。我想到法蘭茨，和他在一起我也不會覺得老，因為我們總是待在我住的地方。我一直想著法蘭茨。在酒館裡，坐在賴訥爾旁邊，我一直想著法蘭茨的皮膚，有某種特別的溫度或某種無法描述的特性，只要碰到我，就能讓我處於寂靜無聲、非常快樂的情形。我剛出生的女兒被浸在和身體溫度相同的水裡時，馬上停止啼哭，然後無聲、超凡滿足地用她仍半閉的眼睛看著世界。這一定是憶起在母親羊水裡安全的那段時期。而我在法蘭茨懷裡憶起的是什麼，我不知道，也許是天堂。

半夜一點，在卡萊爾或布蘭普頓現在是十二點，法蘭茨在那邊，躺在床上，在他太太旁邊。法蘭茨光著身子，一隻手臂放在他睡著的太太身上。兩個或三個小時前，他大概兩隻手臂抱著她，吻她的眼睛、嘴唇、小小的乳房，然後——也許甚至瞬間想到我——用他的膝蓋撐開她的腿。我問賴訥爾要不要到我那邊。其實我應該覺得自己已經老到不能就這樣和一個我不怎麼認識的男人上床，至少我應該擔心，那個男人會覺得我太老。不過，還年輕的時候，我們畢竟一起拐過一隻狗；而且，最具決定性的也許是，我們在這晚作爲毫無顧忌的快樂追求者而聯合在一起：我判定他有權利離開安珂，而他知道爲什麼。所有我能感覺的只是，賴訥爾不是法蘭茨，而我抱著他所感到的愉悅，只是因爲我如此做：法蘭茨光著身子躺在他老婆旁邊，我赤裸裸在一個男人下面，我終於也做了法蘭茨一晚又一晚對我所做的事。

我心裡想著，要怎麼告訴他今晚的事。

*

新堡之後，法蘭茨沒再打電話來。我幾乎沒離開住處，顯然我在休假中或是我請了病假。我坐在電話旁邊，一個鐘頭又一個鐘頭。

我等越久，就越想到會是怎樣，當法蘭茨又以計算過的腳步，像個跳高者，先來一段助跑，不錯失那準確的彈跳點地走進我的屋門？而也越不相信他會回來，雖然我什麼也沒有做，完全沒有做，除了等著他回來。

在那個星期天，法蘭茨先前說過他要回來的那一天，我躺在床上。這一天對我而言似乎包含了很多危險，我只敢平躺著，沒有戰鬥地投降，讓自己蓋在絨被裡。我如此害怕見面，就像害怕不見面。我知道，有些已經是過去式了，需要的只是被證明，它們已經過去了。我知道是這樣，只是不願意去知道。在那幾個晚上，在新堡、海登橋、布蘭普頓，還有卡萊爾，我看到太多了。

我打電話給阿忒，或是她打電話給我，說她思考了我的事，並想告訴我，不管我對這個男人的期望是什麼，我不會得到的，因爲在這個世界你得不到它，不管是從什麼事或從什麼人，所以我也無法從法蘭茨那裡得到。

但是阿忒又知道什麼，她自己在二十或三十年前在床頭上掛了張紙條，上面寫著她不想再讓人踩在底下。如果阿忒所宣稱的那種在這個世界得不到的，的確是能得到的話，阿忒也會自願放棄，只爲了避免被踩幾腳。

我不作聲。阿忒那邊只傳來討人厭、越來越強的咀嚼聲，這讓我火大。

妳在吃什麼？

雞肉……。

妳不覺得很討人厭嗎？邊吃雞肉，邊教導我愛情的可笑。

我沒說可笑。

但妳的意思是這樣；妳的意思是，眞正的愛屬於年輕人拉緊的皮膚和嫵媚的風姿，而像我這樣的老骨頭最好能控制自己，因爲愛情基因輸入我們，只是爲了繁殖的目的，所以對我來說那最多只是幻覺的回憶。而一個愛上我這種老骨頭的男人，一定是變態或想騙遺產，但在我的情況並沒這問題，因爲我沒什麼可留下的。反正，妳的意思就是這樣。
阿忒笑了。妳自己這麼想，所以認為別人也這樣想。
有時候，我說。
我覺得納悶，成年人到底在搞什麼，自己願意做奴隸。也許妳恐懼自由。
我說，阿忒，不是只有潘特西麗亞這樣的角色，也有卑微但同樣倔強，來自海爾布隆的小凱蒂。結果同樣是：「……得到你或死去。」這句子是我從妳那邊學來的。
但我告訴妳，妳得不到的。
那妳呢，妳又得到什麼？
至少我沒失去我的理智。
人不應該和一個發瘋的人或戀愛中的人爭吵。
誰說的?!
是一句俄國諺語。而且，我在等法蘭茨。
阿忒說愛情顯然是一種信仰問題，一種宗教的狂熱；我則說，愛情是原始自然在我們裡頭最後的遺留，所有人爲的紀律只是爲了用來馴服它。我跟阿忒說，自從我愛上法蘭茨，我不用每天問自己：「爲什麼我活著，然後有天得死去？」

妳只是害怕變老，阿忒說。

我不記得我們的談話是怎麼結束的，想必是因爲我等著法蘭茨的電話，不想談太久，所以我們就掛了電話。阿忒所說的，愛情是信仰問題，常常縈繞在我腦海裡。也許阿忒是對的，而每種對我們自然性的表白都是一種信仰問題。但否定自然力量對人類支配的人，也沒什麼其他能貢獻的，除了他的願望，和一個包裝在沒有信仰裡頭的信仰。

法蘭茨下午三點打電話來，比我預料的早了一個鐘頭。在那之前，雖然熱，我還是躺在床上埋在絨被裡頭，體驗那無止境的連續動作，總是同樣拯救的十秒：走廊、門、法蘭茨、法蘭茨的手臂、嘴、那皮膚；然後再從頭一次：經過走廊，走到門口，這次較急的腳步走進屋裡，法蘭茨的手臂，濕氣的皮膚滲出夏日的熱。我尋找之後的圖像：法蘭茨和我坐在桌邊，法蘭茨拿著吉他，法蘭茨和我在食肉植物之間；或者句子，我們會說些句子，或至少一些字詞。但卻總是只有走廊、門、法蘭茨、皮膚，接下來的我就不知道了。

他四點到。之前我看到自己飛了一百次經過屋裡走道到門邊。但我現在走得如此慢，好像我不想走一樣。法蘭茨拿出包在紙裡的蝴蝶花和春白菊，他看起來就像個度假回來的人，曬黑的皮膚，一派輕鬆樣。他的笑使我火大。他那樣笑，好像不是他讓我受了兩個星期的酷刑，不是他把我留在柏林，自願和另一個女人去哈德良長城，一夜又一夜沉入、浸入她裡頭，就像往常在我裡面一樣；好像不是他把我稱為野蠻人，然後再也沒聯絡。現在他笑得好像他是我的拯救者。

我把花梗浸在水裡，法蘭茨要我先剪齊。我拿了酒和杯子。我們沒有擁抱。我問自己，會怎樣對待他的回答，如果我問他玩得怎樣，如果我問的話。他或許會試圖消除我們的衝突而這樣回答：「現在我又覺得很好了。」這樣可以讓我推論出，之前沒有我，他覺得不好。或者他會說：「我原本以為還不錯！」意思是說，他高興地期待見到我，但我這種冷冷譴責的態度，讓他覺得先前的高興並沒道理。對於他的第一個回答，我會認為是謊話，因為他並沒有中斷他的行程，因為他並沒有每天打電話或寫信給我，因為他看起來精神飽滿、心情輕鬆，不像我臉色蒼白、受盡折磨，還因爲我對他們這次旅行知道得太多了。而第二個回答會讓我很不高興，因爲他把我們之間不愉快的氣氛說成是我的責任。不過，或許他也會說，玩得不錯，然後會跟我描述從愛丁堡經過新堡到卡萊爾的行程，而這我其實已經知道得很清楚。沒有任何回答是我能忍受的。法蘭茨把菸草添進菸斗，隨著呼吸吐出輕微不知所措的聲響。或許他也在計算著簡單問題的不可預知的風險。「妳還好嗎？」「不好！」然後他得問，爲什麼？

我們沉默好一陣子，然後法蘭茨說，他連行李都還沒打開，就找了一個不太好的藉口，然後馬上來我這裡。

雖然我了解，法蘭茨的這句話就像把繩索丟下深淵，讓我能拉著爬上來，但這還是沒有用。爲了來我這裡，他需要一個謊言，而有個人有權利要求這個謊言，這種情況也是我無法忍受的。難道我應該讚賞他說謊的技巧來接受他屬於那個矮小的金髮女人，這對我要求太多了。

這時間她可能打開你的行李了，我說。法蘭茨站起來，瞄了我一眼灰白的目光，夾克披掛在一邊肩膀上，朝門口走去。然後我們才擁抱。

這是第一次，我們陷入如此無話可說的地步，就像套在脖子的活套一樣，每次想掙脫，就束得越緊，我預感到這種危險，自己卻去激化它。自從我坐在這裡，五十年或十五年以來，我一再一再問自己，爲什麼我無法接受法蘭茨到哈德良長城的旅行，就像忍受連綿陰雨讓人掃興的夏季，或像忍受疾病或某種煩人的事。或者像我之前默默接受的，他在十二點半離開我的床，爲了去另一個床睡在另一個女人身邊。不過，或許沒有這個旅行也同樣都會如此，也許那種單純感謝的時期已經過去。總之，現在我是這麼解釋的。單純感謝的時期是愛情的第一階段，想來每個愛情都如此。有這麼一個人能改變我們，從戀愛開始那一刻起，我們所希望的人格特質，甚或知道它們是被掩蓋或沉睡在我們裡頭而隱藏不現，便蓋過我們平常其他的性格。我們變了一個樣，變得更漂亮、更柔和、更有智慧。我們從自己的畏縮和嫉妒解脫出來，覺得有能力去原諒最讓我們氣憤的敵人。我們的快樂照耀在每棵樹、每條街、每個時刻，然後爲它們至今未被發覺的美麗而感到驚奇。我們覺得自己和風、雨、天空是一體的。我們終於來自這個世界而又終於不再是來自這個世界。遇到法蘭茨後，一首詩像我的心一樣在我裡頭跳動了一整個星期：「彷彿天空靜靜吻著大地／她現在一定在花的閃光中夢到他／我的靈魂張開翅膀／飛越廣闊的大地，好像飛回家一樣。」我們感謝那個把我們幻化爲現在這個樣子的人，而這也是我們一直希望的樣子。感謝，如此感謝，以致我們毫不保留地給予我們能給的。我們想要無條件地爲他服務。爲他所帶來的奇蹟，我們願意付出生命。我們不問，爲什麼是他，能改變我們的人爲什麼是他。但就是他。我們改寫自己的生命，因爲這之後它顯示了目標：他，和他相遇的那一刻，那個我們悄悄稱爲我們創造者的他，因爲我們在自己裡頭感覺到的，是如此美妙非凡；在經過這些年我思考了所有我對愛情所能思考的，我相信，這是我們眞正能體驗到的感覺。

直到某事發生，某個不重要的小事，但足以使我們驚恐、足以讓我們認識到自己的缺乏保護、容易受傷。一個難以說明的遲到，一通沒接到的電話，一張恰巧發現的照片，恐懼的時刻由此開始。我們覺得遭到背叛的一個鐘頭足以讓我們了解，我們處於最害怕會發生的情況。有人會覺得自己幾乎腳尖不著地的踮著，雙手往天空緊抓，任何些許微風，就能將他吹落谷底；另一個覺得被責備說是走在圓拱狀游泳池光滑的磁磚上，然後在看不見的旁觀者迴響著的笑聲中，走一步跌倒一次。我自己則是處於一個圓房間內，裡頭有一百個上鎖的門。每個人的惡夢會實現，我們聽任擺布交出了自己。

但是那個情人來了，來得太晚，但是來了。沒打來的電話是因爲電話壞了，湊巧發現的相片證實是無關緊要。我們所害怕的，並沒有發生，但擔心它會發生的猜疑，再也揮之不去。當法蘭茨告訴我他得出門旅行時，預言實現了。

直到知道法蘭茨不會再回來後，我才能再感謝他。從那時起，我又有了選擇。這些年來，我要的就是待在我的住處，愛法蘭茨；即使爲他而哭所度過的日子，加起來有好幾個月，就算不是好幾年，也是我自己願意的。

*

法蘭茨像隻皮膚蒼白的動物躺在食肉植物之間，當我撫摸他的皮膚，感覺像是撫摸我自己的。有時我無法分辨自己和法蘭茨。

我是野蠻人嗎？

我不知道，也許，法蘭茨說。

所有非羅馬人都是野蠻人？

對所有羅馬人來說，所有非羅馬人都是野蠻人。

那你是羅馬人？

是啊，當然是嘍。

而我不是？

我不知道，半個羅馬人，也許。

法蘭茨不知道，生爲一個羅馬人，是根據母親的血統還是父親的？但他說，要成爲一個羅馬人，只要行爲像羅馬人就可以了。

我們沉迷在我們身體的奧祕裡兩、三個鐘頭，保證彼此的獨特性。法蘭茨說，除了他的初戀情人，他沒有這麼愛過一個女人，或許連初戀情人也沒有；而我跟他說，沒有他，我不想再活了。然後法蘭茨說，眞是美妙，能夠毫不害羞地說出這麼庸俗的話，而且還去相信。我吻他肋骨和髖骨之間的凹陷處，這裡的肌膚細嫩如少女的。然後想知道，爲什麼在他眼裡，我是個野蠻人。

法蘭茨對於哈德良皇帝傳記作者的評論或許不會讓我如此感動，如果他沒有用文化差異這概念來解釋，那些屈從地活在那個奇怪時代的人和其他人之間普遍對彼此的不了解。那些沒在那奇怪時代生活過的人，常把那時代想成一個時光之洞，認爲掉入裡頭的人，錯過了幾十年世界的進展。對於這種議論，想到我們博物館玻璃屋頂下那個龐大的朋友，我並不太理睬；何況，他們所誇耀或覺得難堪的不同，只不過因爲他們所屬團體的不同，其實沒什麼差別，所以也不值得一談。

總之，這些不同並沒有比那些介於大城市和小城鎮之間的不同來得大，而只是比較不尋常。我和法蘭茨之間所有的不同，可以是因爲他的小城鎮出身的背景，或同樣可以是因爲我在那奇怪時代度過的生活。但是，法蘭茨大概也認爲，我所缺乏的不只是聖歌，而是更多。所以我唱史達林的歌給他聽時，他懷疑我永遠的背叛；所以他視我悄悄無聲解散的婚姻，其後主要的原因在於那奇怪時代裡基督教精神的崩潰。法蘭茨看到的不是我對他的忠誠，而是我對我老公的不忠。

我不喜歡想起法蘭茨去哈德良長城旅遊之後的時期，那會讓我很疲累。就像現在我也累了。我大部分時候都在這裡中斷，寧可從頭開始想起。這也是爲什麼我記憶中的這部分是雜亂、較不準確的原因，其中很多事我在剛發生或發生不久後就忘了，所以對一些日子我記得的只是一個圖像。法蘭茨靠在紅磚牆，穿著一件深藍襯衫，衣領敞開，右耳上一小綹頭髮像片羽毛，法蘭茨看著我，面陽的眼睛半閉著，伸出食指指向上頭，我忘了他是要指給我看天空的雲還是教堂塔樓的山牆窗，只知道他那麼站著，那是星期天。顯然之後我們有了爭吵。是的，我累了，但這次是愉快的。

我無法再追憶出法蘭茨回來後事情發生的前後次序，但這也不重要。就像家裡所有的東西都燒掉後，那些物化我們生活的家具、圖畫、書籍和所有其他東西都變成灰燼後，那它們放置的順序也不重要了。法蘭茨每星期來我這裡兩次，甚至三次。因爲我們博物館的改組還沒結束，法蘭茨負責其中的膜翅目昆蟲部門，所以這甚至也可以作爲我們星期天見面的理由，而不會引起他老婆的懷疑。然而我如此意外、不尋常遇到的幸福，也如此轉變成我的不幸。自從二十或二十五年前法蘭茨和他老婆去旅行，但最主要的，自從我看到他對她那種隨意溫柔的笑，我懷疑他是愛我的。我不斷要求他表白，但能使我安心的時間比他表白的時間更短。當他才剛跟我說愛我，過幾分鐘後我又想聽到。好幾個小時我們一再重複相同的句子，我那時顯然把它當成一種正常的談話。或者更糟的是，對於法蘭茨愛的表達，我回以嘲諷、指責他說謊的笑或者「喔，是啊是啊」。

他不能再離開我，他不能夜夜再睡在那個矮小的金髮女人身邊。尤其是，當我們才剛像個唯一活生生的生命體交錯糾纏在一起，當他和我還湧向同樣原始的熱和精液的味道，當他的手還黏附著我的頭髮和皮膚。他應該離開她，就像我離開我老公一樣，或像他悄悄從我生命消失一樣，因爲如此就再沒有人在那裡，可以讓他離開。

我再也睡不著。女體的裸露、岔開的大腿、無遮的下體在我腦裡揮之不去折磨著我。

阿忒覺得我瘋了。法蘭茨畢竟不年輕，她再怎麼評估也不相信法蘭茨有能力過著無節制的雙重性生活。

妳有那男人最好的部分，阿忒說，他愛妳、渴望妳、希望妳喜歡他，妳幹嘛還要其他的。妳一定要熨他的襯衫嗎？要忍受他的壞心情？尊敬他的重要性還有為他老闆煮飯？妳應該覺得高興，做這些事的是另一個人。雖然他睡在她那裡，但卻跟妳上床。

我想和他一起生活，我跟阿忒說。

我想和你一起生活，我也這樣對法蘭茨說。是啊，然後法蘭茨說，要能這樣就太好了，或者說：我也想要。而眼睛上方延伸一絲已成定局的氣息，意味這個世界並不是按照我或他所要的。

法蘭茨由母親獨自撫養長大 。我們這一代的小孩，很多都是在沒有父親的情況下長大的，而我，曾經有過一個父親的我，會爲像他們那樣的命運安排而感謝。

直到戰爭爆發時，法蘭茨的父親在烏爾姆的一所中學教希臘文和拉丁文。他並非在列寧格勒的萬人塚或西伯利亞的俘虜營裡和他的家人永別，而是在露琪兒・溫克樂的懷抱裡，一個教德文和法文的女老師。法蘭茨的父親曾被英軍短暫俘虜，戰爭結束後，他搬去她的住處，後來也跟她結婚。沒有人會相信這個嚴肅、思想保守的人會犯下這樣的恥行和罪惡——像法蘭茨他母親所用的詞語。據說他在離婚時聲明，在殘暴的死亡和不停地等著自己的死亡之中，看到戰友如此容易碎裂的身軀，他不得不在腦海裡緊緊抓住生命中的一個影像。而浮上心頭的是他年輕女同事露琪兒・溫克樂的影像，不是自己的太太，而讓他感到驚恐的是，也不是他小孩的影像，而是露琪兒．溫克樂。此後他寫信給她，也得到她的回信。而他發誓，如果自己活過這場戰爭，他要跟隨他生命的影像。他覺得很對不起自己的太太和小孩，但他從他們那邊所拿走的，不過是那六年來他們天天都可能——只要差之毫釐——就會喪失的。

但是，法蘭茨說，這並不是眞的。他母親遭遇到一個當時不太會被同情的不幸。即使一個兇暴酒鬼的寡婦也能如此哀悼她死去的老公，彷彿他値得如此，來抹消她婚姻的痛苦。但是一個老公雖然回來，但不是回到自己身邊的女人，一個在和平時期有了世俗不幸的女人，她既不屬於那些有男人回家的快樂的女人，也不屬於令人同情的戰爭寡婦；她甚至沒有權利戴孝。

法蘭茨的母親在健康食品店找了一個店員的工作。他們再也不准談到父親的事。一點遺產讓母親和三個小孩能過著小康生活，包括兩個姊姊的鋼琴、舞蹈課和法蘭茨的大學教育。

三個小孩裡最小的法蘭茨，長得如此像父親，以致有些很久沒看到他的親戚，都尷尬得不好看著他，然後會悄悄地耳語或無奈地嘆息。他母親看著那個人的影子長大，那個不只是帶給她不幸也讓她受到公開恥辱的人，自那時起她蔑視所有男人，而之後擔心地看管著，不讓自己的兒子也變成如此無責任的背叛者。當兩個姊姊被教導不要相信任何男人時，法蘭茨則是在父親罪行的皮鞭下成長：別像你父親。

她們監視我，法蘭茨說，三個人都這樣。只要她們之中有誰聽到一個不忠老公的事，她們會在吃飯時帶有警告地敘述這故事。大部分是這樣，那個男人之後會遭到性無能或某種疾病的懲罰，或者那個新老婆會突然死掉，或者他們會生出畸形小孩。那是不會有好結果的，法蘭茨的母親說，眼睛只看著三個小孩裡的他。

法蘭茨的父親離開時，他母親三十五歲，之後沒再婚，雖然法蘭茨確信，她有過機會。她不想讓那男人從他的罪行解脫，法蘭茨說。他住的地方只隔幾條街，她不允許他相信，她因他所遭受的悲慘痛苦減輕了。

法蘭茨第一次去找他父親時，已經長大了。法蘭茨說，他那時就像我現在這麼老，我相信，他看起來也是這樣子。其實我還算喜歡他，但從沒原諒過他。他一直想照顧他的小孩，但我母親不願意，而他尊重她的意願。我還記得他怎麼抽著菸斗的樣子，或許只是爲了不用看著我。幾天之後，我給自己買了第一支菸斗。露琪兒・溫克樂爲我們端上茶，大而有力的手搭在我肩膀上，說她很高興，至少其中一個小孩總算來找他們；她眼眶含淚笑著。我喜歡她能同時笑又同時哭。

法蘭茨到杜賓根上大學，只有週末才回烏爾姆。他父親在六十歲生日不久前死於心肌梗塞。

「我還想問他，他後不後悔離婚。」

生命中最不能錯過的就是愛情，我說。

「那麼，我的母親錯過了一切，」法蘭茨說：「她最終變得無情和怨恨。如果他幸福的話，那是她付出的代價。」

如果他沒離開她，她會因他付出的代價而幸福。你現在原諒你父親了嗎？

「他死了，我母親死了。那時有戰爭，顯然他告別一個生命，所以之後可以開始新的生命。至於她，有小孩。」

我想和你一起生活，我跟法蘭茨說。

是啊，能這樣就太好了，他說。

法蘭茨和我躺在食肉植物之間。時間十二點半，法蘭茨問，幾點了，我跟他說十二點半。一知道他會在這個星期三或星期六來我這裡後，我們就開始擔心在這個星期三或星期六也會有十二點半的到來。從十一點半或十二點開始，我們想的就只是這個不可避免的十二點半，然後會跟隨著法蘭茨悄悄謹慎地說進暗黑裡的句子：「我得回家了。」一週又一週，他講這句話的聲音越來越小，變得只像耳語，即使這樣的耳語也是越來越脆弱。但是，他依然一直講這句話。他講得越小聲，他耳語似的聲音就越讓人害怕，而我的強求也就越激烈。別走，就今天，就這麼一次別走。我又哭又叫，擋住門口。但他還是走了。總是這樣。從屋裡走道到門口，他縮著頭快速走過，好像穿過一陣冰雹一樣。

有一次法蘭茨睡著了。我希望、祈禱他天亮前不會醒來，然後也試著讓自己睡著，這樣我就不用叫醒他。我靜悄悄躺著，幾乎憋著氣，但法蘭茨還是問了，現在幾點？然後我跟他說：十二點半。

他離開我的身子，穿上衣服，塞菸草進菸斗，以便能在車內抽著，把我黏附在他身上的氣味用菸草的濃郁消除掉。他的這種堅決，留下我每次處於一種憤怒的無助。我只有一個念頭，我得從這種情況脫身；我不想再被離開；「……得到你或死去。」我已經不知道，那時我到底怎麼想，又真正做了什麼？如果我不及時停止的話，我會憶起那些我不願相信它們曾發生過的事。而有些事，如此真實地呈現在我眼前，我絕不會懷疑曾經經驗過，但卻可能根本沒發生過。我不可能在高速公路赫寧斯多夫出口附近疾駛撞上橋墩，雖然我清楚記得自己做過這樣的事。那是秋天的時候，天剛暗下來，高速公路空敞，赫寧斯多夫出口還有一千公尺。一九五三年六月十七日，數千名示威的鋼鐵工人從赫寧斯多夫行進到柏林。潘科地區的人說，那些人剛走過奧拉寧堡，96號公路的柏油路面就在他們的步伐下震動起來。我踩下油門，眼睛張開，撞向右邊的橋墩。

或者我給自己下毒的那晚。法蘭茨像平常一樣十二點半離開。我坐在床上哭號，手上一顆法蘭茨外衣的釦子，我把剩下的酒喝完，先是法蘭茨酒杯裡的，然後我的，最後酒瓶裡的。阿忒沒在家或不接電話。我把浴袍脫掉，站在走道鏡子前，在頭頂無情的燈光下觀看我光裸的身子，微紅帶有像大理石紋的小腹和大腿皮膚，柔軟但最近太豐滿的乳房，讓我想起我母親沉重、紅潤的胸部，還有膝蓋上方鬆垂的肌肉。我看不到能強化我相信法蘭茨愛我的東西。這種樣子的人，還能愛，但不能再被愛，我這麼想，把五十或六十顆藥片和柳橙汁放進果汁機裡一起打，然後兩、三口就把這種苦苦糊糊的東西灌進喉嚨裡。或許我後來吐了。總之，隔早我準時起床，沒有什麼異樣。當然我並不是想死，更別說眞的死掉。我想改變我的情況。所有當時我做的或想像所做的，只爲了一個目的，改變自己的情況。因爲要使情況變得更好，非我能力所及，所以我得考慮把情況改變得更壞，譬如說把自己帶向死亡，用這種或那種方式。但與其我死，還不如死的是法蘭茨的老婆。當然，我也知道要實現這種願望可能會有的危險。在她死前，她不能有疾病讓法蘭茨產生同情或甚至重新喚起對她的愛；無論如何，不能是一種會讓法蘭茨感到罪過的死。自殺是個很不好的情況，車禍也是，除非是坐計程車時發生，但是這樣意外死亡的可能性不大。事實上只有墜機一途，這不但能保證一個快速的死亡，而且這種命運注定如此的事也不會讓法蘭茨有罪惡感。但是墜機一事，非我能力所及，而且我也不想承擔那種罪惡：許多無罪的乘客不得不也跟著死。再說，法蘭茨的老婆每次搭機都是跟他　起的，就算有哪次她單獨飛，而飛機也墜下來，然後法蘭茨因爲不習慣自己一個人過活，搬來跟我住，但這也不再證明了什麼。

我無法再得知，法蘭茨是否像我一樣，願意撕毀所有到現在爲止確定的，只爲了一個渴念。而我也不再敢說出：爲了我；爲了他在我裡頭所找到的，和我在他裡頭所遇見的，還爲了其他的：我們拐走帕西法爾、西碧樂放棄她的芭蕾服飾店，法蘭茨的父親相信自己會死而心中浮現露琪兒・溫克樂的影像。總之，法蘭茨老婆的隨便一個死亡，都會使他變成鰥夫，一個需要新老婆的人；他也無需再表白了。對法蘭茨來說，她的死或許是個解決辦法。但我不知道，他是否希望這樣。我有回憶上的困難，我的記憶會偏開，就像眼睛避開令人討厭的景象，譬如說化膿的傷口或一攤嘔吐物。疲累爲我溫柔地蓋上的眼簾，彷彿我死了，有人在爲我做這最後的服務，這種動作我只在電影中見過。如此，眼睛閉著，我找到法蘭茨，手臂披著灰外套，站我旁邊在腕龍下方；一隻美麗的動物，法蘭茨說；然後我說，是的，一隻美麗的動物。但今天我要回憶到最後，此後就不再做這種事了。今天我要結束對法蘭茨的等待。

在我了解到法蘭茨老婆的死對我得到那種表白並無助益，因爲沒有法蘭茨愛的誓言，它對我完全沒有價值。所以我不再去思考她不同的死法，而是開始跟蹤她。從法蘭茨那裡我得知，她星期二在一點半到兩點之間回家，如果我能安排，在這段時間離開博物館兩個小時，開車到法蘭茨他家的街道，找到一個停車處，能清楚看到通往地鐵方向的道路，然後等著她。法蘭茨住在法札能廣場附近一條狹窄安靜的街道，街的一邊和種有山毛櫸和梧桐樹的小公園相連，給予住在這十九世紀後葉興建的豪華住宅的居民，包括法蘭茨和他老婆，一種奢華的景觀。我們通電話時，法蘭茨的窗戶如果開著，有時我會聽到鳥在樹間築巢的吱吱叫聲。

她總是準時，短小、目標明確的步伐，不會讓人擔心會偏離，總是匆忙，好像有緊急的事等著她，走到鄰屋的高度時，她探手到背在右肩的皮包裡，沒有找尋，拿出住處鑰匙。有次她碰到鄰居，談了一會兒。她不是那種為了強化她的談話，會去碰觸對方的手或親密地靠近一些的人，而是保持著距離。她也不會有什麼手勢。她一隻手扶著外套衣襟，一隻手放在腰際的皮包上。她笑的時候，頭偏一邊，像個少女皺起鼻子。到此為止，除了這個笑以外，我在她身上看不到令人討厭的東西。但是我要找的，她那特別的地方，我卻還沒發現。那在法蘭茨眼裡獨特的地方，使他跟她住在一起，而不是跟一個深色頭髮或紅頭髮的高大女人，是跟這個矮小金髮女人，她那樣的小腳在街上都會引起我的注意。

她進了屋子後，我也沒開車離去，而是等著看她是否會打開窗子，或者不久後會不會又提著購物籃子出門，然後我跟著她，保持適當距離，像我在警探片裡看到的，直到烏蘭街的超市，我先在街上等了一會兒，然後再進去，觀察她為法蘭茨買什麼，這樣我可以買同樣的東西。

或許有可能，我有一天和她說了話。總之，有一百次或更多次我打算這麼做。我打算好像剛好碰到她，當她從地鐵走來，跟她說我是她先生的同事，有一次看到她跟他在一起，現在一下就又認出來了。我在附近得辦點事，現在剛好空閒稍微逛逛走走。或許，如果我準確無誤地談起我們博物館和她先生的事，讓她沒有懷疑，或許她甚至會邀我去她和法蘭茨的住處。

我不知道我跟她說過多少次話、多少個鐘頭？在法蘭茨離開我的十二點半和第一班的電車又開過的四點半之間，只有那之後，我才能入睡，那之間多少空虛的深夜時刻我坐在她對面，想從她那裡知道法蘭茨沒說的。我也不知道，我們的談話哪個是唯一眞實的，而它和其他談話的差別又在哪裡？

但我相信，那些我想出來的回答，和她給我的回答，差別不大，只是她就像法蘭茨，說「瞧」而不是說「看」，她對我說「妳瞧」，而我對她說「妳看」；還有她也跟法蘭茨一樣，說「我回家了」而不是「我回去了」。這我其實應該也想得到，因爲她也出身烏爾姆附近。她邀請我，像我希望的，到她家。法蘭茨書房的門開著，透過滿屋陽光的房間我看到樹的上方，鳥兒在那裡築巢，有時我會在電話中聽到牠們的吱吱聲。「帶有鑲嵌細工的帝國式五斗櫃是家傳的，」她說：「玻璃櫃也是。」聽起來比較像是在爲財富辯解而不是爲品味。我們用帶有狩獵圖案的英國瓷壺、瓷杯喝茶，這是在法蘭茨的太太進廚房拿牛奶時，我看了杯碟背面的印記得知的。她坐我對面，左手拇指托著下巴，右手撐著左手，顯示出一副思考著我的樣子。她的注意力是那種像有些小孩很認眞、著迷瞪著我們博物館裡的一個陳列櫥一樣，直到老師找到他，稱讚他的認眞。我當然不知道自己呈現的是什麼形象，但我猜想，她注意到我的不安，並把這視爲我在那奇怪的時代時，枯萎的社交禮節所導致的，或者面對中產階級奢華的一個可理解的文化震撼，誰知道？總之，她那樣子就好像我臉上長了血管瘤一樣，而她無論如何也願意面對這種挑戰。她問我在博物館哪個部門工作？當她聽說我負責那獨特的腕龍時，我相信我看到她眼睛閃爍了一下知道的眼神。她早就知道了，我想。她頭偏一邊，以一種不掩飾的勝利感看著我，說：「那我知道您是誰了。」我把香菸按熄，因爲我的手在發抖。「您就是那位把那骨骼稱爲一隻美麗動物的女士。我先生是如此感動，所以他同一天晚上就禁不住跟我提起這事。太好了，您瞧，這種天眞純樸，是我們可以跟您學的。我們幾乎見過世界所有的動物，而您還能對一副骨骼如此高興，彷彿它是活生生的。太好了！」

在今天我覺得，她似乎不會眞的做過這種沒頭腦、甚至現在都讓我瞎了的眼睛泛淚的評論。啊，是啊！眼睛泛淚，一種美好的感覺。我已經好幾個禮拜沒哭了，既沒因爲憂傷也沒因爲高興而哭。當然也可能，這是我後來把全部混在一起猜想出來的，因爲在她提到法蘭茨就在那晚還跟她說了我們最貼心的祕密、我們愛的咒語之後，好像轉述一句流言蜚語一樣，我不得不聚集全部心力去呼吸。我的身體拒絕吸收空氣，就像那隻扮演海豚飛寶的母海豚凱西，在電影公司拍完電影把牠賣掉後，拒絕呼吸而死掉。

法蘭茨的太太說，她上個週末剛跟她先生參觀了博物館那隻腕龍，當他們想像，這隻巨獸在天達古魯活生生的情況時，油然生起一種深深的虔敬。是天達古魯，沒錯吧，她說，伴隨著疑問的眼光，提起茶壺。

「是的，」我說，她為我添茶，「是的，在天達古魯。」

法蘭茨和他矮小的金髮老婆在我那塊地方站過。我不知道，世界的哪些地方屬於法蘭茨和他老婆？哈德良長城屬於他們，聖馬可廣場一定也是，維內多大道、林馬特河岸、特拉法加廣場、波多貝羅市集、布立克街，還有整個翡冷翠。但是，腕龍小腦袋底下那一平方公尺屬於我，只屬於我。

法蘭茨的太太以挑撥神經的謹慎放下茶壺，小心地撫平桌布的縐褶；接下來沒事可做，她雙手交叉放膝蓋上，微笑著。我想她的微笑並沒什麼特別意思，想來是講完所有她能想到關於天達古魯的共通話題後，只有繼續用微笑表達她的親切好客，但我那時只覺得那是她勝利的微笑。「我們，我先生和我，在妳那塊地方站過，妳覺得怎樣，親愛的女士？」意味著這個微笑。

對於不幸，他太太缺乏訓練，法蘭茨這麼說過。她這樣坐在我對面，瘦、小、無傷。我有個控制不住想打她的慾望，站起來，慢慢走近她，往她不知所以的臉打下去。我的手掌想感覺她臉頰淡紅柔軟的皮肉，我要看到她眼睛中難以置信的驚恐和哭泣顫抖的下巴。她應該停止這樣微笑。我不相信那時眞的打了她，而是大概說了些話。也許我跟她說明了「我先生」那種用法的可笑，然後建議她最好說「我們的先生」。或者我就是直接跟她說了，我愛法蘭茨，法蘭茨愛我，而一個矮小金髮、像佩樂貝克小姐的她被選爲法蘭茨的伴侶只是一個命運的錯誤。也許我跟她說，法蘭茨遇見我、愛我，是原本就注定好的。他帶她到腕龍底下，只是爲了跟她說再見，在我的那塊地方，他找到我的地方，向她告別。

她雖然不再微笑，但我也看不出她有害怕或絕望的樣子。就像一聲命令，她臉上所有的光線都消失，每個可能的感情激動，都置身於黑暗中不可觀測。她的眼睛無法滲透，她的嘴唇緊閉。只有從那種力道，從她左手手指用力握緊的力道，多少能感到她的激動。她一言不發站起來，走進廚房，拿來一杯水，遞給我，然後問說，要不要幫妳叫計程車，還是妳覺得在現在這種情況下能自己開車回家？聽起來沒有不客氣，而我又有慾望，想要打她。「您是個怪物」，我這麼說，然後離開。

更多關於這次見面的事，我不知道了。只要我試著更仔細去回憶，我就會因爲那樣的費力而覺得不舒服。我也沒必要回憶得更清楚，畢竟不清楚已經夠糟糕了。

法蘭茨某個時候來。我不記得是同一天的傍晚，還是隔天或者更後來？無止境的鈴聲使我從睡夢的深淵浮上來。顯然我是吃了藥或喝了太多的酒。法蘭茨只說了一句話，一百次就這麼一句話：「妳爲什麼這樣做？」總之，我不記得他講了任何其他一句話。或許我回答了他什麼，或許也沒有，反正無關緊要，因爲我自己也不知道眞相是什麼。

之後，在食肉植物之間，我置身於昏沉的安靜中。像隻猿猴，我用手用腿緊緊纏住法蘭茨，然後好一會兒我有很美妙的感覺，我長了一層毛，一層密密短短的獸毛覆蓋我的四肢和我的臉。我塌陷的獸鼻放在法蘭茨肩膀和脖子之間的凹處，在我的呼吸聲中法蘭茨輕輕呼吸著，好像他要隱身其中。我們如此完全不動地躺了很久。在這時刻我願意死去。法蘭茨一定也有類似的感覺。他告訴我保羅和芙蘭契斯卡的故事，當維吉爾帶領但丁經歷愛情罪人的地獄時，但丁因爲看到他們的痛苦而昏倒。他們得永遠，法蘭茨說，被風暴追趕、衝撞，在地獄裡飄來蕩去，但他們不分離，即使有地獄的折磨，但他們沒有停止相愛。「我父親告訴我他們的故事，來說明他對露琪兒・溫克樂的愛。」

野獸不下地獄，我說。

＊

後來我常想，為什麼當初幾乎沒注意到這城市。雖然看到挖開的馬路、電纜和水管，像腐壞的內臟到處亂放，起重機像恐龍骨骼在屋頂上方彎著，看到城市的顏色改變就像大自然的季節變化，但在這條或那條街、這個城區或另一個城區發生的事，我卻說不上來。然而我從沒像那些日子或那些月份那麼覺得自己完全屬於這個城市。我在裡頭按照日常預定的路飄蕩著，像自來水流裡的一滴水，像光潮裡的一點微光，像傾倒的圍牆裡的一顆石子；像那街道我如此被掘開，如果要說這城市和我都發瘋了，也沒錯。說這城市發瘋，是我說的，而說我發瘋，至少阿忒是這麼說的。

人們無法再信賴我們，我和這城市。我們無法堅守人們平常和我們打交道的習性。市區的路每天在改變。你為隔天的訪客所描述到你家的路，無法保證到了約定的時間還適用。和我打交道的人大概也會得到這種結果，我不再是他們到時所認知的我，我不再合情合理、懂得克制，甚至不再準時，雖然準時曾一直像個痼疾黏附著我，讓我就是無法不準時，即使我打算絕不準時到，但結果也只是至少沒到得太早。自從愛上法蘭茨，我很少做得到，在跟人約定好的時間出現。起先我會不好意思，後來也不在乎了，何況這城市提供了無數的藉口，它的街道堵塞、淹水、被東西埋住或者管制禁止通行。電車路線取消、改道或者無法轉車。這城市和不可信賴、無法預料還有和我聯合在一起。因為這種瘋狂幾乎同時侵襲我們，我大概把這個改變了的城市當作是正常的，就像兩個喝醉酒的不知道彼此酒醉，只感到和自己醉酒的心靈有著快樂的和諧。但又有誰知道什麼是瘋狂？我也可以把那時的情況視為自然天性的正常，因為我只是順著一個強大的內在慾求，不讓另一個約束起作用而已。我那時就自問，那是否是個偶然，我和法蘭茨對動物世界的興趣被分配到如此不同的物種上？我的是絕種的獨行者，法蘭茨的是小小、不適宜單獨生存的螞蟻，只有一群時才意味著一個完整的生命體。

法蘭茨談到命運安排好、非常有用的螞蟻王國的秩序，每個團體如此運作，像我們的心臟驅入血液，我們的肺呼吸，我們的腎為身體排毒；當他談到這些時，我不確定他是否也希望人類生活也有類似這樣的無疑問，甚至希望在他自己的生活中，或者他聲音那種迷人的顫動，是因爲擔心會有這種威脅。雖然我承認，對我這種職業的人來說，這樣是可笑的，也和我對大自然與人類，寧可說是宿命的觀點矛盾，但螞蟻那種基因的獨裁 直讓我感到憤怒。

螞蟻的生命是如此合理地分工安排，即使一點情緒潤飾的需求空間都沒有。法蘭茨跟我說的大部分故事，我都忘記了，但是蜜罐蟻的故事，或許是因爲牠們容易了解的名字，我卻記得很清楚。牠們分布在南非、澳洲、南美的沙漠地區，對牠們來說，食物不足並非發生在冬冷時期，冬天的冷會降低牠們的新陳代謝，如此體內的脂肪細胞能保證牠們的存活，食糧缺乏是因爲乾旱引起，這會逼使牠們加緊儲存食物，在夏季很短的一段時間內，牠們蒐集矮橡樹樹癭的蜜，餵食給最年幼的母工蟻，因爲牠們的後腹還很有彈性能夠張大到像豌豆那麼大。然後這些被塞滿的工蟻像鍋子懸掛在蟻巢上壁，一隻接一隻，堅持在那邊，作爲容器的功能，直到牠裡頭的東西被用到。那些被灌滿的螞蟻吐出裡頭的蜜餵其他螞蟻，一個「蜜罐」裡的蜜可以餵養一百隻螞蟻十四大。當這些蜜罐蟻清空身體裡的儲糧後，再度過著像以前的生活。

雖然蜜罐螞蟻爲生存所做的工作並非以死亡爲結束，也許甚至是因爲並非以死結束，所以在法蘭茨說過的螞蟻故事裡，蜜罐螞蟻的故事對我而言似乎是最殘酷的。沒有比這種安排更有用。

因爲我喜歡事物過程發生的合理，我不得不一直思考，爲何想到螞蟻時會自然冒出「非人性」的念頭；畢竟我從不會把這字眼用在更像人類的動物，因爲那當然是矛盾可笑的，對大自然覺得人性或非人性。

我沒找到比我不合邏輯的感覺更有智慧的答案。螞蟻在我們之前就演練著一個國家應該怎樣安排，讓牠們能存活超過一百三十五萬年。但有誰願意像螞蟻那樣活？可是又有誰願意滅絕？我自己選擇滅絕，而法蘭茨宣稱，和我一樣。雖然沒有人要求我像螞蟻那樣活，但我激情地反對，即使代價是我的滅絕。

*

我在法蘭茨住處前面暗中等著他老婆那天之後，還有那晚我像猿猴纏抱著法蘭茨之後，我只有在他有事到我們博物館時才會見到他，而這樣的情況一個禮拜最多一次，因爲必要的人員和行政改組差不多快完成了。他們任用了一個新主任，解雇了幾個員工。我不知道爲什麼沒解聘我，但總之就是這樣。我想我大概得認眞地繼續我的工作，就像之前的二十年，或是在重整改組的混亂情況下，沒有人發覺我沒這麼做。對於周遭的變革和人事顚覆，我只對於它會把我和法蘭茨結合在一起或分開感興趣。

在他太太知道我之後，法蘭茨說，他不確定什麼時候能再去我那裡。我們坐在摩亞必特區一家義大利餐廳的小花園裡，這裡他不用害怕會碰到熟人。在這麼一段長時間後，我第一次想到我老公，現在他在龐貝，或者在喜馬拉雅山上，也可能在柏林，但就是不在我這裡。一陣風把一朵將謝的菩提樹花吹落在我們桌子上。我猜想，我哭了，然後問法蘭茨，「接下來呢？」他沉默不語。只有那一刻，法蘭茨用他的指背撫摸我的臉頰，我還記得很清楚。陽光穿過菩提樹葉，碎落在他的臉龐，毀壞他眼睛的青灰。

從這分鐘到清晨之間，所有到博物館的路都管制封鎖，有時刻、天數還有週，在裡頭我什麼都不知道，除了還活著以外。我的回憶找不到支撐點，現在也是，旋轉的模糊環繞疲累的紛亂。腕龍成為陌路，他投奔到法蘭茨那裡，到法蘭茨和他老婆那裡。他像守衛冥府的三頭狗，對我齜牙咧嘴，他朝下的冷笑中不再藏有陰謀。後來，法蘭茨永遠離開我以後，我又和他和好。他才又屬於我。

有天早上，通往我們博物館的路都被封鎖起來。我通常走的路線，經過秀榭大街到傷兵街，因為郵局或水利局或煤氣公司把街道橫著挖開而走不了時，我試著走漢諾威街，但在弗里特利希街就已經用紅白柵欄擋住了。第三個可能性是走歐托—格羅提渥街，後來改回原來名稱「路易絲街」，但才走到萊恩哈特街時，就看到幾組消防隊正在和電纜著火或水管破裂奮戰。我想找一個停車地方，然後剩下的路用走的。但附近的街兩邊都停滿了兩排車在路邊和人行道上。我開到奧拉寧堡街和圖霍爾斯基街轉角處，考慮該轉回頭還是繼續找下去，但因爲無法掉頭，所以繼續開，直到哈克樹市場站，然後再往前開回家。自從我相信失去了法蘭茨之後，我變得意志非常薄弱，口常湊巧都會碰到的徵象，我會很感謝地視爲爲我所做的決定。去博物館被封鎖的路，不但允許我，也是命令我回家。我應該做些其他的事，不是只在博物館裡機械式地執行工作。而因爲在我遇見法蘭茨之前，就有個最大的願望，所以我決定在這個所有通往博物館的路都走不了的早上，終於去那裡旅行，那個我早就應該住那裡的地方：美國麻州南哈德利波利尼·穆迪的庭園。

*

我差點死在紐約。不過我猜想，大部分的人，當他們跟我一樣，只是短暫在紐約待過，都會宣稱他們差點死在那裡，或至少能證明有過生命危險。我想，在紐約每個人可以經驗到他想經驗的。這麼多的人差點在那邊死掉，並非表示紐約很危險，而是有這麼多的人希望，至少能死裡逃生一次，但先決條件是，他們必須是之前與死亡擦身而過。也可能是，我們只有在一個像紐約這種城市，才注意到那種生命危險，因爲我們預期在紐約會碰到那種我們其實隨時隨地都會碰到的危險。在自己的城市，我們把傍晚回家路上擦身而過的汽車視爲討厭、不顧及他人，但因爲這是日常發生的事，所以我們沒有認知到它威脅生命的性質。

我打算最多在紐約停留兩天，然後搭巴士繼續到南哈德利的旅程。有人給了我某個親戚在紐約的住址，這親戚剛好也出門旅行，所以我可以住他那裡。鑰匙則放在鄰居那邊。

結果這個住處是個幾百平方公尺的敞房式公寓樓層，在休士頓街南邊。光線透過高高的窗戶從西邊和東邊湧進兩個非常寬敞、由一個玻璃門隔開的房間。爲數不多的家具之間，人一般高的植物茂盛長著，一條蜿蜿曲曲從浴室拉出來經過大半個房間的橡膠管，顯然是用來澆水的。

若非機緣安排給我這個想像得到最美的住處，那我或許還是會去麻州南哈德利，到波利尼．穆迪的庭園旅遊。但我現在筋疲力盡地坐在這住處裡，因爲逛了好幾個小時的紐約；雖然沒見過類似這樣的公寓，但它於我卻是像這城市一樣熟悉，即使它有難以置信的空間，也沒什麼會讓人感到害怕的。漸漸地，我發覺沒有一件家具是好的。椅子在斷裂處用釘子釘住或者椅背沒有角撐，籐椅用粗繩綁牢，床腳少了一隻用兩個磚塊代替，牆邊玻璃之間倚著一片一公尺高的破鏡子。那種暫時性的輕鬆混合著不停吼叫的嘈雜——一百種匯流入街道的雜音經由敞開的窗子湧進住處裡。

陌生，安全，在住處的空虛中，環繞著我不認識那人的生命痕跡，我完全沉浸在自己寂寞的英勇感覺裡，甚至想到法蘭茨時，也沒有平時的絕望感，就連試著想打電話給他的念頭也沒有。在紐約我第一次想到，也許沒有法蘭茨我也能快樂活著。

在摩天大樓、冷氣機、製冰機和不停的救護車警報聲響中，我覺得從未有過像野獸在大自然般的自由，大自然的越少開發、越沒人住就越冰冷地讓我注意到自己的非自然性。所有慣用的語句突然顯示如此矛盾似眞：都會森林、脈動城市、噪音澎湃、交通呼嘯、人潮洶湧、屋海街壑……，彷彿在城市的混亂中，我們又找回我們原始的自然。

我延後去麻州南哈德利的行程，一天又一天，而每多留在這城市一天，我對波利尼·穆迪庭園的奇特鳥類足跡的期待就越萎縮。在紐約我活生生遇見重生的腕龍，那種無限制、無節制的體現。

此外，一連串奇怪的事件讓我相信，我能在這城市發現某種東西，什麼東西我不完全清楚，但我預感，這東西會結束我的紛亂。

小時候我讀過一則童話故事，其中還記得就是這句子：「去那裡，我不知道哪裡；拿給我那東西，我不知道是什麼東西。」在紐約，看來我是找對了地方，在這裡「我不知道是什麼」的東西也會顯現出來。

在那裡的第四或第五天，是個星期天，我打算搭船到斯塔田島。這早像前晚一樣也是煙霧迷濛的熱。厚厚的屋牆會蓄熱，以致城市到了夜晚也涼不下來。這早，紐約的電視台報導，如果我了解得沒錯的話，白人在這城市已經不是多數，中央公園的老鼠多得無法對付。成群不怕人的老鼠，白天在樹叢裡匆忙跑來跑去，這一隻那一隻用牠們警覺的鼠眼看著攝影機，讓我感到害怕。牠們看起來像是早就知道牠們在什麼時候、會用什麼方式接管紐約的電視廣播。我決定，隔天一定要去中央公園。

當我出發要搭船到斯塔田島時，往外開的沉重鐵門被我推開十或最多十五公分後就碰到無法克服的障礙。門縫太窄，我無法看清楚外面走廊和擋住門的東西是什麼。我使勁推，用身體撞門，但即使要再往外推開一公分也沒辦法。一定有人在前面放了一個大金屬塊或很大的沙箱，讓我無法出去。我豎起耳朵想聽聽走廊有什麼聲音，但傳來的只有馬路低沉的噪音。整棟樓的人似乎在這個星期天都到郊外鄉下或海邊，只有我還在。我努力讓自己平靜地呼吸，尤其是呼氣，每當我害怕時，常會忘記。在紐約沒人認識我，所以也沒人會想殺我。但如果有人把我擋在裡頭，再經由救生梯闖進來，那他一定是想對我怎樣。因爲他如果只是想偷什麼，或想找什麼機密文件，或是找一份遺囑的話，那我的不在場，對他和對我都比較有利。很可能，這個人要找的是公寓的眞正主人，但並不知道他已經出門旅行了。

我坐在房間角落，從那裡可以清楚看到門那邊，也可以看到那個小小生鏽的陽台，救生梯就附在那邊；我淺淺短促地呼氣，直到我的手不再發抖。我這麼坐著至少半個鐘頭，然後才敢走上陽台，但看不到什麼讓人不安的。我再去試試那個門，我跑了幾步用上所有力氣撞那個門，後來我的左肩還因此痛了好幾天。如此猛烈的撞擊下，我聽到緊貼我頭上金屬猛拉的聲響。昨晚我門上的那個帶有圓頭尾巴的安全鍊，爲了保護我還橫跨在門和門框之間。我用屋主儲存的酒調了杯琴酒加奎寧水或類似的，然後放棄在這星期天搭船到斯塔田島的念頭。我現在知道自己不是被關在門裡，心情應該可以平靜下來，但那種自導自演的囚禁所引起的驚慌卻不願減弱，好像關於門那件事只是它的一個問候的藉口，讓它能重新控制我。那是一種熟悉的感覺，每次侵襲我，在十二點半，當我的屋門在離去的法蘭茨和留下的我之間關上。

阿忒給了我兩個可能找到她從前在柏林的朋友的地址，一個是已經在紐約住了幾十年的單簧管音樂家，而且好像還滿有成就的。另一個以前是舞台演員，她有個星期天在柏林的佩加蒙博物館裡，正好就在佩加蒙祭壇前面，遇到一個美國學生，後來跟他結婚，但在那之前她得先入猶太教。

我先試那個女演員。電話答錄機是個男聲，只報了電話號碼，沒說名字。因爲住址只離這裡幾分鐘路程，我有天下午就去了那個在華盛頓廣場附近的地方，想看看阿忒的朋友到底是不是還住那裡。

看門的人正和三個激動的工人談論著，還順便把信交給一個住戶，雖然臉朝向我這邊，但繼續和其中一個工人說著話。我大聲說出阿忒朋友現在的姓，但顯然是發音不佳，看門的在我重複了一次後，還是沒聽懂。我讓他看阿忒寫的紙條，他說了樓層和公寓號碼。因爲那個工人還在跟他說話，或是因爲他太懶，所以也沒用電話先通知樓上的人。我走進電梯按五樓，但電梯沒停在五樓也沒停在六樓，而是到了七樓才停。接下來我想還是走樓梯比較好，省得又遭到電梯獨斷的處置。我打開一個寫著大大紅紅「太平門」三個字的門，走進去是個小小的空間，然後左手邊又有個比較小的門。在我打開這個較小的門時，那個寫著「太平門」的門在我背後關上，但我看到的並不是我所期待的樓梯，而只是一個很小、無意義的房間，沒有門也沒有窗戶。沒有樓梯，但更糟的是，要走回頭也不行。出口不是入口。門無法從這一邊，無法從我被許諾著「太平門」誘惑進來的這一邊打開。我被鎖住了。

此刻我了解到在門後看到的是什麼：敞開的門通往空房間，裡頭放了些粉刷工具。星期五的下午，我進電梯的時候，工人很可能正和看門人道別去過他們的週末。我保持冷靜，或者說我嚇得只知道瞪大眼睛，過一會兒，我猛攻那個門，打得我的手臂發青，我大喊：「Help me! Help me!」像個躁狂症者，我拚命捶打那個門，不知道有多久。突然門打開，一個穿著白色油漆工人制服的黑皮膚男人站在我面前，搖頭笑著，說了幾句我沒聽懂的話。我搭電梯下樓，阿忒的演員朋友我沒遇到過。

單簧管音樂家似乎很高興聽到他所謂的「東柏林瘋狂的貝雅忒」的消息，雖然他很忙，但希望無論如何和我見個面，因爲他也想託我帶個禮物給貝雅忒，而最主要的是他想知道德國和所有關於柏林的事。一年來，他很想飛到柏林，在那該死的圍牆廢墟上跳舞，但一直無法抽身。他問我想不想去參加他爲一位女藝術贊助家的八十歲生日在她河岸路的家舉辦的音樂會，之後我們可以到酒館喝杯酒。他說，到場時我需要做的只是表明自己的身分，至於他則是那個拿著單簧管的人。

音樂會預計八點開始，我去得太早。因爲我並不認識其他客人，除了那個單簧管音樂家以外，而其實連他我也不認識。加上我的英文即使應付一個簡單的會話也不足，所以剩下的時間我寧可在街上等待。這位藝術贊助家的屋子是在一條通向河岸公園街上的倒數第二間，公園有籬笆沿街平行和街道分開。傍晚的寧靜隨風從公園飄來，街道幾乎沒什麼人，只有一個穿著制服的守衛在一棟屋子前面巡邏，和一個穿著百慕達短褲的老人遛著一隻矮獵犬。我慢慢走過馬路到公園那邊，夕陽掉落樹葉下的這裡那裡。我背對籬笆，看著前面的街道，想著自己終究辦到了，來到紐約這裡，在河岸路旁，這是我那麼長一段時間覺得不可能的事。

我對自己在這裡，每個意識到它的時刻，就像現在，都深深覺得驚奇。當我沉浸在自己遲來自由的勝利中時，一個句子突然閃過。後來我也說不上來，只是我想到，還是真的聽到這句子：「妳站在這裡不好！」沒有理由去相信，我站的地方不好。但我還是沒多考慮，離開我籬笆旁那個陽光照到的位置，像來時一樣緩慢地，我走回街道另一邊，那個穿著百慕達短褲的老人正把他小獵犬的糞便鏟進一個塑膠袋裡。我朝著那位藝術贊助家的屋子走幾步後，一輛黑色汽車疾駛而過，想在岔路口右轉，但卻打滑猛力撞上籬笆。一個年輕人從汽車裡衝出來，跳過籬笆，當一輛警車趕來發出刺耳的緊急煞車聲停在那輛車後面時，他已經消失在樹叢後面。在一個二樓陽台上，一位婦人對警察喊著，雙手揮動，指向公園裡頭。第二輛警車警報器嗚嗚大響，從另一條小街轉進來。這樣的情形，就像我所熟知的美國警匪影集裡常有的場景的翻拍，讓我感到興奮。那些警察顯然覺得跑進公園追趕那個逃跑的人沒什麼意義，他們討論著，其中一個打著電話。漸漸地，我明白過來，那個人撞向籬笆的地方就是我兩分鐘之前站的地方，在那裡我聽到或想到這句話：「妳站在這裡不好！」我明白，我差點死掉。我看到自己倒在籬笆和汽車之間，被撞爛、血流滿地，在紐約的河岸路，沒有任何居民能辨認屍體的身分。暈眩攫住我，就像爬高樓的竊賊在錯誤的時刻往下看。而比起我擦身而過的死亡更讓我紛亂的是我無法解釋的獲救。當初，在四月的那一天，當某人在弗里特利希街把我腦子的電流關掉十五分鐘，示範我模擬的死亡給我看，我在驚慌失措中尋求事件發生的意義時，有個句子突然撞進我腦裡：「生命中最不能錯過的就是愛情。」

這一次剛好相反，這一次是先出現句子：「妳站在這裡不好！」我想到法蘭茨，想著這句話一定有某種意義，就像那門，在我前面和後面關上的門，一定有某種意義。我意外的死亡，在河岸路的公園籬笆和罪犯的汽車之間，和我對法蘭茨的愛有什麼關係？「……得到你或死去」，但不是不被注意、不湊巧地在紐約街道的骯髒中，不是這樣，讓法蘭茨認爲我不是因他而死，而只是因爲我擋到一個小混混的路，一個就他職業來講開車技術太差的小混混。

我沒和那單簧管音樂家見面，也沒去拜訪中央公園的老鼠。我訂了下班我能搭往柏林的飛機。我要見法蘭茨。

*

我回來時是秋天。我想我們在一起的時間並不多，法蘭茨和我，我們不再能常見面。這一段是我和法蘭茨在一起的時間中，我記得最少的。其實我什麼都不記得，除了那個秋夜，法蘭茨離開就沒再回來的那一個秋夜，我還記得。那晚沒下雨。而今天我得去回憶它，因爲我今天想停止，停止對法蘭茨的等待。我得費力，如果我費力去想，或許我能抓到一條線索，讓我順著它從虛空攀爬到那個晚上，那個街道乾燥的夜晚。也許是好的，我這樣累得要死，或許這樣我比較容易記起，因爲我太累就不會去抗拒回憶，當它變得太沉重時。

有些是沒什麼好疑問的，不管我記得或不記得。飛機在特格爾機場降落。而我拖著行李走過機場大廈要去搭計程車時，不太可能會沒想到那個星期六，法蘭茨要去哈德良長城的那時，因爲手肘不小心擠到他老婆而那樣隨意、溫柔地對她微笑著。我想必因旅程而累得半死。到了家以後，我應該沒吃東西、沒打電話，便躺在食肉植物中間尋找法蘭茨的氣味。然後就這樣睡著了。下午我大概去買了些東西、看了信件。我想其中有一封我女兒的信，說她要來看我，我相信這事讓我很高興。還有一封法蘭茨寄來的信，是的，是這樣沒錯，一張放在信封裡頭的明信片。在我們博物館販賣部買的，一張腕龍的圖片。法蘭茨寫說，要我回到柏林後，馬上打電話給他。我應該是這麼做了，可能就是那天，或是隔天，也很可能是馬上。

我記得很清楚，法蘭茨站在我門口，沒有花，斜斜靠在門邊，一副好像他已經等了好幾個鐘頭或好幾天，又好像他願意一直那樣堅持下去。

他待到早上。現在回想起來，變得好像那晚我們什麼話都沒說，反正沒有任何一個字還留在我腦海裡，只有一陣如森林裡的颯颯風聲，一股來自最深處的隆隆雷聲和奔騰之聲，只有我們融化的肉體和飢渴的呼吸。清晨，一場狂風暴雨侵襲這城市，雨水像瀑布沖打白色紗簾後面的窗戶。但這也可能是另一個早上。在這早上，當法蘭茨起床、穿衣、添菸草，這樣他可以在煙霧中消除我黏附在他身上的味道，而這時我只希望，能有一場狂風暴雨侵襲這城市，雨水能像瀑布沖打白色紗簾後面的窗戶；這也是可能的。

要分辨可能的和發生過的，對我而言並不容易。在這麼多年裡，我把所有可能的和發生過的混合串連在一起，所有想到的和說過的、未來的和從沒忘記的、希望的和擔心的，但終究還是同樣的故事。結局是赤裸明白而且決定了一切，結局是無法修改的，這也是爲什麼我忘記了它。

我的身體是我唯一的災難。它擰我、咬我、扯我，我的腳麻木，我的背瘦痛，彷彿有人在我活生生身體的脊椎那邊，抽拉我的神經束。如果我做得到，能回憶到最後，那我會躺在食肉植物中間，睡很長很長的覺。還剩一小段就會到那最後的一夜，那晚沒有下雨，我記得很清楚，因爲我陪他走到街上。那晚法蘭茨得搭公車回家，大概是他太太開車出門或車子壞掉了。總之，我們，法蘭茨和我，經過葉落半禿的街樹下走往公車站。法蘭茨在我們博物館的工作已經結束。我被調到檔案部門，不再和那隻腕龍有關。這應該會讓我難過才對，但我想我並沒覺得怎樣。在這之前，我已有一段時間沒繼續在他腳邊的晨禱，就像有人失去信仰後不再去做禮拜一樣。站在他前面，我無法再想像，在天達古魯——他死亡的地方而想來也是他生長的地方，他在早晨的陽光下尋找食物時，我們會相遇。我無法再讓他的骨骼包在肉體裡，無法再讓他的心跳動著。像在紐約時，不再有期待，波利尼・穆迪庭園奇特的鳥類足跡從我心裡消失一樣，腕龍也會變成他原來的樣子：一副骨骼，其中大部分的骨頭不是眞實的，而是精巧的複製品。

我陪法蘭茨走向公車站時，他穿一件白襯衫。溫暖的夜。法蘭茨的外套只是輕鬆地披在肩膀上，襯衫在黑暗中發亮。法蘭茨的手臂圈著我的肩膀，就像他在愛丁堡把手臂放在他太太肩膀上那樣。爲什麼我會如此快樂？雖然法蘭茨像絕大部分時候一樣，在十二點半回家。但我很高興，我記得清清楚楚。法蘭茨的襯衫發亮，溫暖的夜，沒有下雨，而我很快樂。

是在什麼時刻法蘭茨說：「我父親說得沒錯。」沒有影像，沒有燈光，只有法蘭茨的聲音。那時刻應該是暗黑，我應該是又瞎又啞倚在他的手臂裡，當法蘭茨說：「我父親說得沒錯，人屬於生命，而如果他的生命是露琪兒・溫克樂的話，那他屬於她。」

我沒動，我不敢呼吸，有句話還沒說出來。

「我一直認爲，我得償還我父親的債，但如果他根本沒留下債務，如果他沒做錯的話，因爲他有權選擇露琪兒．溫克樂……」

法蘭茨沒再說下去，他的襯衫照亮椅背。還是有句話沒說出來。然後呢？我問得如此小聲，以致法蘭茨也可能沒聽到。

人活得如此長，法蘭茨說，在以前是生命結束的時候，現在是中年。事實上我們才三十歲，最多三十五歲。

你是我遲來的年少之愛，我說。

「人應該蓋棟房子，生個小孩，寫一本書，這些我都做了。」法蘭茨背靠牆壁坐著，點起菸斗。像神話裡吹笛的半人半羊的農牧之神躺在食肉植物中間，「我還可以再生個小孩，蓋棟房子，不斷寫關於螞蟻的新書。」

黑暗中，法蘭茨青灰的小眼睛閃亮著，有幾秒鐘和菸斗的煙霧形成一個朦朧似幽靈、有著活生生眼睛的幻影。我仍一直等著那句話，那句應該在他的想法——他不用替他父親還債，因爲他沒留下債務——接下來的話；同時我自問：爲什麼法蘭茨應該說這句話，爲什麼他應該這麼做，爲什麼他應該來我這裡，來一個啼哭、悲嘆、衰老的女人這裡？這個女人沿著哈德良長城追蹤他到那些旅館床上，跟蹤他的太太，在她面前搞得那麼可笑，這個女人背叛自己生命中珍貴的一切，小孩、丈夫、腕龍。爲什麼他應該爲了這個可悲的人離開那嬌小的金髮女人和有可愛鳥叫聲的公園旁邊的房子？

後來我們整理出一個房間。法蘭茨問說，他可以把書桌放哪裡？他終究一定是說了那句話或類似的，或者他只是問了，他應該把書桌放哪裡？我記得，法蘭茨和我在半夜把後頭那房間的家具分放到其他地方，我們也喝了啤酒，當法蘭茨穿上衣服，扣著白襯衫的釦子，唱一首我沒聽過的歌，最後一句是：「或者我也許應該忘記去活著。」

「或者我也許應該忘記去活著。」法蘭茨唱著，一下子是不相信，一下子是反叛，然後又虔誠信仰地。我們離開住處前，他把吉他放在空出來的那房間。然而，他沒有再回來。

我們還沒走到街的盡頭，只在葉落半禿的樹下走了幾步。法蘭茨在口袋裡找公車錢。街的盡頭右轉五十公尺是公車站。也許我在路上問了法蘭茨，要不要和我去麻州南哈德利波利尼・穆迪的庭園。也許法蘭茨還一直唱著那首歌，或只是哼著，或是不唱也不哼，而是默不作聲，因爲他想到他太太，想到不曉得該怎麼跟她說，他明天要從公園旁的住處搬出來，搬到我這裡。我不記得了。只知道，我坐在空房間裡，在吉他旁邊，直到早上，等著法蘭茨。現在我們走到街的盡頭，右轉再五十公尺就是公車站。左方有兩個車前燈的亮光，還有一段距離，「公車，」法蘭茨說，他想用跑的，「我明天來。」路燈微光中剎那法蘭茨的臉，眼睛沒有承諾，嘴角的微笑已在請求原諒。他不會再來。我又得再整理那房間。我的手臂抱著法蘭茨的脖子，不要走！公車快到了，我兩手緊抓他的袖子，留下來！法蘭茨想要掙脫。我緊緊抱著他。「我明天來。」我知道他騙我。那就走吧！走吧！我抓著他，推他，他身子迅速離開。一種從未聽過的聲響，好像濕了的紙板打在鐵器上。一聲哀號像來自一群狗。誰這麼叫喊？公車底下有個冒血的死人。路肩排水口積了一攤。前輪下一隻壓碎的男人手臂。

*

我殺死了法蘭茨。或者並不是我？我沒有推他嗎？還是他扯開時自己絆倒摔跤？不論這樣或那樣，我殺死了法蘭茨。現在我必須又知道這件事。或許這麼多年我等著他，只是爲了不需要去知道這件事。結束了。沒什麼能再讓我保持清醒。到食肉植物中間的這幾步路我還走得了。我躺下，一陣奇怪的風拂過我的臉，在那裡和那些植物的葉子玩耍著，在它們中間有眼睛眨著，到處都是眼睛，看著我。是野獸的眼睛，牠們坐在食肉植物中間，注意我不會有什麼事發生。越來越多的野獸過來，大的和小的，靜靜地坐在其他野獸旁邊。我躺在牠們中間，沒有恐懼。我是牠們之一，褐毛的猿猴，塌塌的鼻子，長長的手臂，抱著我野獸的身體。我這樣躺著。

智慧田系列—— 強烈的生命凝視，靜默的生命書寫，深深感動你的心！

015有光的所在 ◎南方朔 定價220元

當世界變得愈來愈無法想像，唯有謙卑、自尊、勇敢這些私德與公德的培養，才會讓我們免於恐懼。本書獲明日報讀者網路票選十大好書、誠品2000年Top100、中國時報開卷版一周好書榜

016末日早晨 ◎張惠菁 定價220元

當都會生活的焦慮移植在胃部、眼神、子宮、大腦、皮膚、血管……我們的器官猶如被我們自身背叛了。文學評論家王德威專文推薦，中國時報開卷版一周好書榜、聯合報讀書人每周新書金榜

017從今而後 ◎鍾文音 定價220元

書寫一介女子的情愛轉折，繁複而細膩烘托出愛情行走的荒涼路徑，全書時而悲傷、時而愉悅，把我們帶進看似絕望，卻有一線光亮的境地。中國時報開卷版一周好書榜

018媚行者 ◎黃碧雲 定價220元

寫自由、戰爭、受傷、痛楚、失去和存在，黃碧雲的文字永遠媚惑你的感官、你的視覺、你的文學閱讀。

019有鹿哀愁 ◎許悔之 定價200元

將詩裝置起來，一本關於詩的感官美學，一本關於情感的細緻溫柔。詩學前輩楊牧特別專序推薦

020剎那之眼 ◎張 讓 定價200元

高濃度的散文，痛切的抒情，戲謔的諷刺，從城鎮、建築、小路、公路、沙漠等我們存在的世界一一描摹，持續張讓微觀與天問的風格作品。本書榮獲2000年中國時報開卷十大好書獎

021語言是我們的海洋 ◎南方朔 定價250元

南方朔的語言之書第三冊，抽絲剝繭、上下古今，追出語言豐碩的歷史與文化價值。本書榮獲聯合報讀書人2000年最佳書獎

022鯨少年 ◎蔡逸君 定價200元

新詩得獎常勝軍蔡逸君，以詩般的語言創造出大海鯨群的寓言小說，細細密密鋪排出鯨群的想望與呼息。

023想念 ◎愛 亞 定價190元

寫少年懵懂，白衣黑裙的歲月往事；寫「跑台北」的時髦娛樂，乘坐兩元五毛錢的公路局，怎樣穿梭重慶南路的書海、中華路的戲鞋、萬華龍山寺、延平北路……

024秋涼出走 ◎愛 亞 定價200元

原刊登於中國時報人間副刊「三少四壯集」專欄，內容環繞旅行情事種種，人與人因有所出走移動，繼而產生情感，不論物件輕重與行旅遠近。愛亞散文寫出你的曾經。

025疾病的隱喻 ◎蘇珊・桑塔格 刁筱華/譯 定價220元

美國第一思想才女的巔峰之作，讓我們脫離對疾病的幻想，展開另一種深層思考。本書獲聯合報讀書人每周新書金榜，中國時報開卷一周好書榜

026閉上眼睛數到10 ◎張惠菁 定價200元

張惠菁在時間與空間的境域裡，敏銳觸摸各種生活細節，摸索人我邊界。本書獲聯合報讀書人每周新書金榜，中國時報開卷一周好書榜

027昨日重現——物件和影像的家族史 ◎鍾文音 定價250元

鍾文音以物件和影像紀錄家族之原的生命凝結。本書獲聯合報讀書人每周新書金榜，中國時報開卷一周好書榜、誠品選書

智慧田系列── 強烈的生命凝視，靜默的生命書寫，深深感動你的心！

042希望之國 ◎村上龍　定價300元

村上龍花了三年時間，深入採訪日本經濟、教育、金融等現況，在保守傾向的《文藝春秋》連載，引發許多爭議，時代群體的閉塞感在村上龍的筆下有了不一樣的出口。

043煙火旅館 ◎許正平　定價220元

年輕一輩最才華洋溢的創作者許正平，第一本散文作品，深獲各大報主編極力推薦。二十年前台灣散文收穫簡媜，而今散文界最大收穫當屬許正平，看散文必看佳品。

044情詩與哀歌 ◎李宗榮　定價220元

療傷系詩人李宗榮，第一本情詩創作，收錄過去得獎的詩作與散文詩作品，美學大師蔣勳專序推薦，陳文茜深情站台，台灣最具潛力的年輕詩人，聶魯達最鍾愛的譯者，不可不讀。

045詩戀記 ◎南方朔　定價250元

從詠歎愛情到期許生命成長，從素人詩到童謠，從貓狗之詩到飢餓之詩，從戰爭之詩到移民之詩，詩扮演著豐富生活的領航者。在這個愈來愈忙碌的時代，愈來愈冷漠的人我關係，詩將成爲呼喚人生趣味的小火種，點燃它，請一起和南方朔悠遊詩領域！

046在河左岸 ◎鍾文音　定價250元

這座島上，河流分割了土地的左岸與右岸，分別了生命的貧賤與富貴，區隔了職業的藍領與白領，沉重混濁的河面倒映著女人的寂寞堤岸，男人的欲望城邦。一部流動著輕與重，生與死，悲與歡的生活紀錄片，人人咬牙堅韌面對現世，無非爲了找尋心中那一處沒有地址的家。

047飛馬的翅膀 ◎張　讓　定價180元

是生活明信片，提供我們與現在和未來的對話框，抒情與告白，喟嘆與遊戲，家常和抽象思索，由不解、義憤到感慨出發，張讓實在而透明的經驗切片，都是即興演出卻精采無比。

048蛇樣年華 ◎楊美紅　定價200元

在濃重緩慢的書法勾勒中，一再反覆記起離家母親的種種氣味。在願望和遺憾的時光裡，浮世夫妻暗暗幻想掠奪彼此的眼與耳。八篇生命的殘件與愛情的殘本，楊美紅書寫建構出人間之悲傷美學，有血有肉的小人物世界，小悲小喜的心中卻有大宇宙。

049在梵谷的星空下沉思 ◎王　丹　定價220元

王丹的文字裡散發了閃亮的見識，他年輕生命無法抵抗沉思的誘惑，一次又一次以非常抒情的筆觸，向過去汲取養分，向未來誠心出發。

050五分後的世界 ◎村上龍　定價250元

一場魔幻樂音不可思議帶來人性的暴動，一次錯綜複雜的行走闖入五分鐘後的世界，作者不諱言這是「截至目前爲止的所有作品中，最好的一本……」長期以來被視爲小說創作的掌舵者，再次質問現實世界與人我關係的豐富傑作！

051後殖民誌 ◎黃碧雲　定價250元

《後殖民誌》說共產主義、現代主義、女性主義、稱霸的國際人權主義……《後殖民誌》無視時間，不是所謂殖民之後，不是西方的，也不是東方的。是一種混雜的語言，它重寫、對比、抄襲，在世紀之初以不中不西、複雜狡黠的形式出現。本書獲聯合報年度十大好書

052和閱讀跳探戈 ◎張　讓　定價200元

這本歷時一年的讀書筆記，攬括近幾十年來所出版各具特色，不可不讀的好書，每一本書透過她在字裡行間的激烈相問，或緬懷或仰慕或譴責，是書痴的你和年輕朋友們一本映照知識的豐富之書。

國家圖書館出版品預行編目資料

悲傷動物／莫妮卡・瑪儂著；鄭納無譯－－初版.－－臺北市：大田出版；臺北市：知己總經銷，民93

面；　公分.－－(智慧田；061)

ISBN 957-455-769-3(平裝)

875.57　　　　93020001

智慧田 061

悲傷動物

作者：莫妮卡・瑪儂
翻譯：鄭納無
發行人：吳怡芬
出版者：大田出版有限公司
台北市106羅斯福路二段79號4樓之9
E-mail:titan3@ms22.hinet.net
http://www.titan3.com.tw
編輯部專線（02）23696315
傳真（02）23691275
【如果您對本書或本出版公司有任何意見，歡迎來電】
行政院新聞局版台業字第397號
法律顧問：甘龍強律師

總 編 輯：莊培園
主　　編：蔡鳳儀
企劃統籌：胡弘一
美術設計：純設計
校對：陳佩伶／耿立予／余素維／鄭納無
製作印刷：知文企業（股）公司・(04)23595819-120
初版：2004年（民93）12月30日
定價：新台幣 220 元

總經銷：知己圖書股份有限公司
（台北公司）台北市106羅斯福路二段79號4樓之9
電話：(02)23672044・23672047・傳真：(02)23635741
郵政劃撥：15060393
（台中公司）台中市407工業30路1號
電話：(04)23595819・傳真：(04)23595493

Animal triste by Monika Maron

國際書碼：ISBN 957-455-769-3 /CIP: 875.57 / 93020001
Printed in Taiwan

廣告回郵
北區郵政管理局登
記證北台字11049號
免貼郵票

大田出版有限公司　編輯部收

地址：台北市106羅斯福路二段79號4樓之9

電話：（02）23696315-6　傳真：（02）23691275

E-mall：tltan3@ms22.hlnet.net

＊請沿虛線剪下，對摺裝訂寄回，謝謝！

地址：

姓名：

TITAN
大田出版

智　慧　與　美　麗　的　許　諾　之　地

＊請沿虛線剪下，對摺裝訂寄回，謝謝！

閱讀是享樂的原貌，閱讀是隨時隨地可以展開的精神冒險。

因為你發現了這本書，所以你閱讀了。我們相信你，肯定有許多想法、感受！

讀　者　回　函

你可能是各種年齡、各種職業、各種學校、各種收入的代表，
這些社會身分雖然不重要，但是，我們希望在下一本書中也能找到你。

名字／＿＿＿＿＿＿＿＿ **性別／**□女 □男　　**出生／**＿＿＿ 年 ＿＿＿ 月 ＿＿＿ 日

教育程度／＿＿＿＿＿＿＿＿＿＿＿＿

職業：□ 學生　□ 教師　□ 內勤職員　□ 家庭主婦
□ SOHO族　□ 企業主管　□ 服務業　□ 製造業
□ 醫藥護理　□ 軍警　□ 資訊業　□ 銷售業務
□ 其他 ＿＿＿＿＿＿＿＿＿＿

E-mail/ ＿＿＿＿＿＿＿＿＿＿＿＿＿＿＿＿＿＿＿＿ 電話/ ＿＿＿＿＿＿＿＿＿＿

聯絡地址：＿＿＿＿＿＿＿＿＿＿＿＿＿＿＿＿＿＿＿＿＿＿＿＿＿＿＿＿＿＿

你如何發現這本書的？　　　　　　　**書名：悲傷動物**

□書店閒逛時 ＿＿＿＿＿ 書店 □不小心翻到報紙廣告（哪一份報？）＿＿＿＿＿＿

□朋友的男朋友（女朋友）灑狗血推薦 □聽到DJ在介紹 ＿＿＿＿＿＿＿＿＿＿

□其他各種可能性，是編輯沒想到的 ＿＿＿＿＿＿＿＿＿＿＿＿＿＿＿＿＿＿

你或許常常愛上新的咖啡廣告、新的偶像明星、新的衣服、新的香水……
但是，你怎麼愛上一本新書的？

□我覺得還滿便宜的啦！ □我被內容感動 □我對本書作者的作品有蒐集癖
□我最喜歡有贈品的書 □老實講「貴出版社」的整體包裝還滿 High 的 □以上皆非 □可能還有其他說法，請告訴我們你的說法

＿＿＿＿＿＿＿＿＿＿＿＿＿＿＿＿＿＿＿＿＿＿＿＿＿＿＿＿＿＿＿＿＿＿＿＿

你一定有不同凡響的閱讀嗜好，請告訴我們：

□ 哲學　□ 心理學　□ 宗教　□ 自然生態　□ 流行趨勢　□ 醫療保健
□ 財經企管　□ 史地　□ 傳記　□ 文學　□ 散文　□ 原住民
□ 小說　□ 親子叢書　□ 休閒旅遊　□ 其他 ＿＿＿＿＿＿＿＿＿＿

一切的對談，都希望能夠彼此了解，否則溝通便無意義。
當然，如果你不把意見寄回來，我們也沒「轍」！
但是，都已經這樣掏心掏肺了，你還在猶豫什麼呢？
請說出對本書的其他意見：

大田出版有限公司編輯部 感謝您！